BeA

Les Éditions du Boréal
4447, rue Saint-Denis
Montréal (Québec) H2J 2L2
www.editionsboreal.qc.ca

LE NID DE PIERRES

Tristan Malavoy

LE NID DE PIERRES

roman

Boréal

© Les Éditions du Boréal 2015
Dépôt légal : 4ᵉ trimestre 2015
Bibliothèque et Archives nationales du Québec

Diffusion au Canada : Dimedia
Diffusion et distribution en Europe : Volumen

Catalogage avant publication de Bibliothèque et Archives nationales du Québec et de Bibliothèque et Archives Canada

Malavoy-Racine, Tristan

    Le nid de pierres

    ISBN 978-2-7646-2383-1

    I. Titre.

PS8576.A531N52   2015   C843'.6   C2015-941988-3

PS9576.A531N52   2015

ISBN PAPIER 978-2-7646-2383-1

ISBN PDF 978-2-7646-3383-0

ISBN EPUB 978-2-7646-4383-9

Il est plus dangereux de fermer les portes que de les ouvrir.

CARLOS FUENTES

PREMIÈRE PARTIE

Les trois femmes agenouillées dans des fourrures gorgées de sang échangeaient des regards déjà résignés. Il était trop tard, elles le savaient. Pour celle dont le corps lourd gisait au sol, bleui par une nuit entière d'effort, et pour ce fruit bleu lui aussi, petit être sans vigueur qui leur en rappelait tant d'autres demeurés à jamais du côté des ombres, il était bien trop tard.

Les gestes s'enchaînaient néanmoins, l'eau versée dans la bouche déjà figée de la mère, les peaux appliquées là où le ventre se répandait, les tapes données aux fesses du cadavre-né tandis que le désarroi se muait en douleur et en cette impression de vide là, au cœur, qui traverse en même temps que celle d'impuissance les vivants qui assistent de près à la mort.

Un à un les gestes restèrent suspendus dans l'air visqueux, les femmes pensaient maintenant aux mots à prononcer devant ceux restés dehors quand un premier hoquet fissura le drame. Sous les regards effrayés, le deuxième hoquet en appela un autre, et un autre. Le petit mort se mit à remuer comme ces poissons qui se tordent sans prévenir, longtemps après la pêche, et quand ses yeux s'ouvrirent en même temps que ses lèvres, on entendit monter un son moins humain qu'animal, qui s'amplifia et s'amplifia comme un feu.

Il porta loin ce cri dont plusieurs eurent le sentiment qu'il provenait non pas d'une gorge, mais de la forêt elle-même. Comme si quelque chose avait craqué dans la terre et laissait s'échapper une plainte où vibrait la voix perdue des ancêtres.

Le cri parcourut aussi le corps de la mère, qui se raidit violemment puis émergea par à-coups des noirceurs qui l'instant d'avant l'enveloppaient, laissant les trois femmes et bientôt le clan tout entier muets, dans la certitude d'avoir été soudain au centre de tout.

Ce petit homme né deux fois, dans l'aube froide d'un printemps qui cette année-là tardait à s'installer, on allait l'appeler Wabaniskweda.

Un feu dans l'aube.

Un

1985

J'ai de la boue jusque dans les yeux. J'essuie rapidement ce que je peux de ma main gauche, abaisse ma visière et tourne à fond l'accélérateur. Pas question de laisser Steve prendre trop d'avance. Déjà que sa Kawasaki est un peu plus nerveuse que ma Honda, je dois m'accrocher. Il ne reste que deux étapes à notre rallye, tout va se jouer dans les prochaines minutes.

Depuis que les neiges ont fondu, Steve et moi on course régulièrement l'un contre l'autre. On décide du trajet ensemble, qu'on trace dans le gravier derrière le garage de son père, puis on enfile nos casques et on fonce. Aujourd'hui : ligne droite le long de la plantation de sapins de monsieur Vallières, passage rapide dans la piste de motoneige au bout, virage à droite dans le champ des Roberge, un vieux champ mal entretenu, envahi de nids de fourmis qui font des bosses énormes ; ensuite, deux cents mètres le long de la grande route et crochet vers l'aréna, où on a passé une bonne partie de nos soirées d'hiver mais qui, en ce début mai, ressemble à un hangar abandonné.

Derrière l'aréna, il y a un circuit de BMX, encore désert à 8 heures du matin. Il est interdit de l'emprunter avec nos motocross, mais on n'en fait que trois tours, pour le plaisir d'enchaîner des sauts rapprochés, avant de filer vers le *pit* de sable par un sentier étroit où des épinettes essaient en vain de griffer nos visages.

Dès qu'on débouche dans le *pit*, les motos se mettent à danser, les pneus ont du mal à mordre dans le sable. On met quelques secondes à s'adapter, à trouver le bon régime. Je suis encore dans la roue de Steve quand on attaque ce qui va être le clou du spectacle, une montée de six mètres tellement inclinée qu'on l'appelle « le mur » et qui va nous propulser dans les airs comme des oiseaux. Mon cœur cogne : la dernière fois que j'ai franchi le mur, je suis retombé un peu de travers après un vol brouillon et j'ai terminé ma course dans les buissons, ma moto sur la tête.

Ce coup-ci, on passe le mur comme des pros, Steve et moi. Deux vrais Evel Knievel… C'est ce que je me dis en retombant sans perdre le contrôle. Steve a toujours un peu d'avance, mais j'ai une meilleure reprise que lui, je le vois qui dérape vers la gauche.

Plus qu'une étape avant le fil d'arrivée. On est côte à côte maintenant, les lèvres serrées sous nos casques maculés. La dernière ligne droite nous conduit vers le dépotoir de Saint-Denis, trois cents mètres plus loin. Avant d'y arriver, passage dans un sentier repéré il y a quelques jours, mais où on n'a jamais roulé. C'est là qu'arrive une chose étrange.

De loin ça avait l'air d'une boue à moitié sèche, comme on en voit dans les chemins de terre au lendemain d'une grosse pluie, quand le soleil a brillé fort ensuite. Rien pour arrêter nos motos, en tout cas. Je viens de prendre les devants, à cinquante mètres du dépotoir et de ma victoire, quand ma roue arrière s'enfonce là-dedans comme dans du beurre, d'un coup, pendant que mon casque s'écrase sur le guidon. Steve m'évite de justesse, rase un arbre avant de s'arrêter en catastrophe dans la broussaille.

— Thomas, ça va ?

Il court vers moi pendant que je mets un pied sur mon siège et saute à quelques pas de l'étendue vaseuse, étourdi, ma visière craquée. J'enlève mon casque avant de répondre.

— Ça va, mais regarde ma moto…

La moitié arrière de mon XR100 a disparu.

— C'est un ventre-de-bœuf, ça, dit Steve. Fais attention, c'est un genre de sables mouvants !

Je m'approche du XR par un côté où le sol est à peu près fiable. J'ai beau tirer comme un fou, rien à faire, j'ai l'impression d'essayer de soulever un cheval. Steve prend le relais pendant que j'agrippe la roue avant à pleines mains. J'ai mal dans le cou, mais je veux sortir mon XR de là.

— Ça donne rien !

En forçant, Steve glisse un peu et sa jambe gauche s'enfonce dans le ventre-de-bœuf jusqu'au genou. Il panique, se redresse en criant et récupère son pied, mais sa botte reste au fond.

Jamais vu une boue comme celle-là. Je me tourne vers Steve, que son casque noir fait paraître encore plus blême.

La suite est confuse. Le bout de corde trouvé dans le dépotoir, attaché en vitesse à l'arrière du motocross de Steve et au guidon du mien. Les manœuvres désespérées, inutiles. Le début de crise d'asthme, que je calme avec le Ventolin que j'ai toujours dans ma poche, même les jours de course. L'envie soudaine d'abandonner le XR à la boue, de monter derrière Steve et de rentrer à la maison. Puis finalement le mouvement qui réussit, dans un fort bruit de ventouse.

Je redémarre ma moto et on décampe vite fait. Au diable la botte de Steve restée au fond du trou.

Seul mon regard est libre. Mes jambes, mes bras, mon corps entier restent immobiles du matin au soir, serrés dans un œuf de fourrures et de lanières où il fait toujours chaud. Je peux à peine bouger les doigts, mais des yeux j'avale tout, la peau brisée des arbres qui bordent le sentier, si proches que je pourrais les toucher si je n'étais pas retenu ainsi. J'avale la chevelure mobile des branches et le bleu au travers, les billes vertes, aussi nombreuses que les étoiles, qui dansent dans le vent et s'ouvrent un peu plus chaque jour. J'avale tous ces visages dans la file, je les vois bien et eux souvent me regardent aussi, parce que mon dos est contre celui de ma mère, et je sens qu'un même mouvement nous unit, tous, les gestes de la marche, qui remontent jusque dans mon ventre et jusque dans ma tête. J'avale chaque oiseau qui traverse les bois et me donne des ailes à moi, et j'avale enfin le sourire de ma mère quand elle me fait glisser devant elle et me libère.

Deux

— Vous êtes bien pâlots, les gars. Les filles vont pas vous manger…

— Maman !

Ça fait un peu plus d'une heure, maintenant. On s'est débarbouillés, Steve a mis des espadrilles et on termine avec sa mère les sandwichs pour le pique-nique prévu avec nos amies Laure et Caroline. Ça fait un peu plus d'une heure et on n'arrive pas vraiment à penser à autre chose, mais on n'a pas envie de lui expliquer pourquoi on est pâles, à sa mère, ni où est passée la botte de Steve ni la raison de mon casque brisé.

C'est la première fois qu'on invite des filles en pique-nique. Depuis trois jours on se fait notre petit film – « Toi c'est Caroline, hein ? Tu changes pas d'idée à la dernière seconde… » –, mais si le rendez-vous n'était pas dans vingt petites minutes, je pense qu'on aurait remis ça à plus tard.

— C'était rien qu'un trou de bouette.

Steve essaie de nous rassurer pendant qu'on se dirige vers nos motos, le lunch réparti dans nos deux sacs à dos.

— Oui, oui, je sais.

Je ne suis pas convaincu, mais à mon tour j'essaie de nous changer les idées.

— Heille, est-ce qu'on va chercher des jujubes chez Cyriac avant de rejoindre les filles ?

Son sourire veut dire oui. On démarre les motos et on part côte à côte. On roule tranquille cette fois, par des pistes qu'on connaît bien.

Cyriac, c'est le nom d'un homme qui tient un dépanneur près de chez nous, un dépanneur drôlement situé, dans un rang loin du village. Il vient de la Bulgarie, c'est ce que mes parents m'ont dit. Je n'ai jamais compris comment on pouvait quitter la Bulgarie pour venir vivre à Saint-Denis-de-Brompton.

Son français n'est pas très bon, mais Cyriac nous accueille toujours avec un grand sourire, en baragouinant des choses d'une voix très grave, qui chatouille l'oreille.

On fait une grosse provision de sucreries puis on rejoint Laure et Caroline au point de rendez-vous prévu, juste à l'entrée d'un sentier qui mène au mont Girard, une petite montagne des environs.

Elles sont déjà là, difficiles à manquer dans leurs vêtements fluo. On laisse les motos derrière une grosse pierre et on s'enfonce dans le bois, tous les quatre, un peu mal à l'aise mais contents. Au bout de deux minutes, on ne voit plus la route ni aucune maison.

Je l'aime bien, Laure. On est dans la même classe depuis le début du primaire, on a toujours été amis, mais depuis cette année c'est différent. Je pourrais regarder longtemps ses yeux bleus toujours un peu brillants, son petit nez retroussé.

— Qui va avoir le meilleur bulletin cette année, tu penses ?

Elle me dit ça d'un air insolent, en marchant tellement vite dans le sentier que j'ai du mal à suivre. En général, c'est moi qui ai les meilleures notes, dans presque toutes les matières. Laure est bonne à l'école elle aussi, pas loin derrière.

— J'ai travaillé fort depuis les Fêtes. Pas sûr que tu vas être premier de classe, ce coup-là !

— On verra bien, Laure Gagné.

Je lui réponds ça en passant devant elle, pour la piquer à mon tour.

Dix minutes plus tard, le sentier débouche sur un espace rocheux, où il n'y a que de la broussaille, plus vraiment d'arbres. On a une vue fantastique, d'ici.

Caroline nous montre une pierre plate où on sera bien pour déballer nos sacs. En mordant dans nos sandwichs, on devine où sont nos maisons, à tous les quatre, dans ce tapis vert foncé où les routes et les habitations ressemblent à des jouets éparpillés.

Celles de Laure et de Caroline ne sont pas bien loin, juste au bord du lac Montjoie, qui s'étend au pied du mont Girard. De grosses maisons – le père de Caroline est dentiste et celui de Laure, homme d'affaires. Quelles affaires au juste ? Je ne sais pas, mais ça doit rapporter pas mal d'argent. Nos maisons, à Steve et à moi, sont plus loin, dans le coin des fermes. Plus petites, plus ordinaires.

Les sandwichs à peine terminés, Steve sort de son sac des jujubes et de longues réglisses rouges et noires. Laure et Caroline tendent aussitôt les mains… Il fait chaud, on est en sueur mais bien. On parle des vacances d'été qui approchent. On parle de l'école secondaire, qui nous attend l'an prochain.

On enchaîne maintenant toutes les blagues qu'on connaît, Steve et moi. C'est loin d'être toujours drôle, mais les filles rient quand même. Quand on a épuisé notre répertoire, Caroline pointe une crevasse, à une trentaine de mètres. Une sorte de déchirure dans la montagne, qu'elle appelle « le trou du diable ».

— Mon cousin m'a dit qu'un chat est déjà tombé dedans. Il a miaulé pendant toute une nuit. Le lendemain, il est ressorti de là avec des ailes de chauve-souris pis une tête de petit démon. Il paraît qu'on le voit encore, des fois, voler au-dessus du lac au coucher du soleil…

Pendant quelques secondes on y croit tous un peu, avant que Steve en rajoute, sourire en coin :

— Caro, j'ai comme l'impression que ton Filou est tombé là-dedans, lui aussi. Depuis ce temps-là, il a l'air de E.T. plus que d'un petit chien…

On ricane, sauf Caroline, qui tire la langue.

— On appelle ça un bouledogue français, innocent !

Pendant quelques heures, la peur de ce matin est loin, malgré ces élancements dans mon cou qui, par moments, viennent me rappeler qu'on n'a pas rêvé.

Trois

J'ai mal au ventre. Hier, notre professeur et ensuite le directeur de l'école nous ont demandé si quelqu'un avait des nouvelles de Yannick. Yannick Robert, Yannick-Lunatique, on l'appelle. Il n'est pas méchant, mais il est souvent à part. Et puis il a du mal à suivre en cours, comme s'il ne comprenait jamais les explications du premier coup (en fait, il a un an de plus que nous : il a redoublé sa sixième).

Au départ, on n'avait pas vraiment remarqué son absence. De nous faire questionner plusieurs fois à son sujet, ça nous intriguait, oui, mais on haussait les épaules et on passait à autre chose. Cette fois, c'est plus inquiétant : ce sont deux policiers qui viennent nous voir en classe.

Ils nous expliquent tout depuis le début : mercredi soir, en rentrant de l'école, Yannick est allé se promener seul dans la forêt derrière chez lui. Sa mère dit qu'il avait commencé à observer les chenilles et qu'il y en a pas mal par là-bas, à cause des saules. J'en vois quelques-uns qui sourient, dans la classe, en imaginant Yannick-Lunatique en train de caresser une chenille à poil, mais le reste de l'histoire est tellement grave que ça leur passe vite. Il était censé revenir à la maison pour le souper, comme d'habitude, et à partir de là plus rien, aucune trace de lui depuis presque deux jours.

On nous dit qu'une grande battue est organisée pour demain. Demain c'est samedi, alors les enfants peuvent y participer, à condition d'être accompagnés d'un adulte.

À la récréation, tout le monde parle de ça. Un ours, des loups, un tueur en série… Chacun a son idée sur ce qui s'est passé.

— Qu'est-ce que t'en penses, toi ?

C'est Laure. Je ne l'avais pas vue arriver.

— Je sais pas trop, Laure…

— Vas-tu venir à la battue ?

— Toi ?

— Je pense que oui.

— Moi aussi, je pense que oui.

On se regarde dans les yeux, un peu gênés. Tout le monde parle fort autour de nous.

— En plus, dit le petit Hugo, surexcité, vous souvenez-vous comment le père de Yannick est mort y a quelques années ? Il gossait après leur antenne de télé, il s'est pris les pieds dans un fil pis il est tombé du toit de leur maison la tête la première. Sont vraiment pas chanceux…

C'est vrai. Et le hasard a voulu qu'Antonine Robert assiste à la scène, elle qui était en train de désherber ses plates-bandes. Elle n'est jamais tout à fait revenue à elle depuis qu'elle a vu son mari inconscient dans les Saint-Joseph, le cou dans un angle improbable.

— Pauvre elle…

J'ai dit ça tellement bas que personne n'a entendu. Mais déjà je pense à autre chose.

Le mal de ventre ne veut pas s'en aller.

* * *

Presque toute la classe était là. Presque tout le village, en fait. Les policiers nous avaient donné rendez-vous dans le stationnement derrière l'église, à 9 heures, pour nous expliquer les directives de recherche. Ils ont d'abord formé des groupes de douze personnes et nous ont ensuite indiqué dans quelle zone chercher Yannick. Il y avait trois chiens aussi, dressés pour ça.

C'était très étrange, tout ce monde rassemblé pour retrouver le Lunatique. D'habitude, personne ne s'occupe de lui; aujourd'hui, s'occuper de lui est la chose la plus importante du monde. C'est pour ça que le soleil s'est levé ce matin, retrouver Yannick-Lunatique.

En m'enfonçant dans la forêt avec mon groupe – j'étais arrivé avec Steve et son père, alors on marchait tous les trois côte à côte –, j'avais un peu l'impression de partir en guerre, d'être en mission. D'un côté, j'avais envie d'être celui qui retrouve le disparu, d'un autre, j'étais terrifié à l'idée de tomber sur un mort.

Il est midi maintenant. Je n'ai pas vu le temps passer. Je pourrais continuer encore longtemps d'écarter les pousses de fougère et de retourner les pierres, de guetter le moindre indice imprimé dans l'écorce ou le lichen, mais on nous demande de suspendre nos recherches. D'autres équipes vont nous relayer.

— Rendez-vous demain matin, à moins d'un dénouement heureux d'ici là, nous lance un des policiers.

Steve, son père et moi on rentre en vélo, sans dire un mot. Il fait très chaud. Quand on arrive chez eux, je leur dis que c'est bon, que je vais continuer tout seul.

— OK, à plus tard, me répond le père de Steve. Tu rentres directement chez toi?

— Oui, oui.

— On va le retrouver, votre ami, vous allez voir…

* * *

Je repère l'endroit, mais je le reconnais à peine. Je le devine, plutôt. Ça ne fait qu'une semaine, cette histoire de motocross, pourtant la vase pâle qui s'étale devant moi n'a rien de particulier. Tout est sec aujourd'hui. Lisse, banal. Par endroits les herbes sont couchées : on a cherché dans le coin comme dans toutes les zones boisées de Saint-Denis.

Je m'assois en indien. Émotions contraires. Je retrouve, en y pensant, le sentiment qui m'a coupé le souffle ici même, il y a quelques jours, mais pour la première fois de ma vie je me dis que je suis vraiment bien là, au cœur de la forêt, dans ce silence qui n'en est pas un, qui grouille toujours de mille choses.

Je ne sais pas combien de temps ça dure, je me suis perdu dans mes pensées. Si je n'entendais pas intérieurement la voix de ma mère inquiète de savoir où je suis passé, je resterais encore. Ma peur de cet endroit fait place à un sentiment nouveau, comme s'il y avait une sorte d'aimant, là sous la terre, qui voudrait que je ne parte pas.

Je ne sais pas ce qu'elle fait.

Quand ma mère porte de la nourriture à ma bouche, je sais ce qu'elle fait : elle veut faire taire mon ventre qui crie. Quand ma mère pose des fourrures sur moi, le soir, je sais ce qu'elle fait : elle veut empêcher l'air de la nuit de venir mordre ma peau. Mais cette fois je ne sais pas ce qu'elle fait, assise près du feu. Je ne sais pas pourquoi ses mains répètent le même geste depuis ce matin, passant, repassant l'une par-dessus l'autre avec de longs bouts de feuilles sèches.

Quelque chose grandit entre ses doigts, très lentement. Ça me fait penser à un endroit que nous avons traversé l'autre jour, un endroit où la forêt ne cache pas le ciel et où tout est jaune, comme la tige du maïs avant la neige.

Je ne sais pas ce qu'elle fait mais j'aime voir ses mains bouger ainsi, comme deux renards qui jouent dans la lumière orange.

Quatre

2005

« C'est pas l'endroit idéal pour s'installer, faire des enfants ? »

Tout va si vite depuis six mois. Depuis que nous nous sommes croisés dans Queens Quay, Laure et moi. J'étais allé voir des amis à Toronto, avec Angèle. Angèle, avec qui je venais de traverser dix-huit mois d'une passion laborieuse, de ces passions dont une voix intérieure nous dit avec insistance, au lendemain des premières flambées, qu'elles ne sont pas promises à un grand avenir, mais qu'on s'entête à nourrir, panser, maintenir en vie coûte que coûte. Hydre à deux têtes déjà condamnée.

— Laure ?
— Thomas ?

Un drôle de silence avait suivi, assez long pour qu'Angèle et l'homme qui accompagnait

Laure aient le temps d'étirer puis de relâcher un sourire crispé.

— C'est incroyable de te revoir ici, avait-elle enfin ajouté. Habites-tu à Toronto?

— Non, non…

Des présentations maladroites avaient suivi, juste avant qu'un grand rire partagé ne réveille les gamins en nous.

Rapide échange de coordonnées, au revoir bégayé, puis chacun avait continué son chemin.

* * *

Laure et moi habitions tous les deux à Montréal. Trois semaines plus tard, alors que tout était mort et enterré avec Angèle, j'avais un soir, au bout de quelques verres de rouge, composé ce numéro déjà appris par cœur.

Une rencontre avait suivi, puis une autre. L'histoire de Laure avec son type était à bout de souffle, elle aussi. Elle n'avait pas résisté à cette électricité qui passait entre nous deux quand les yeux de Laure, tellement mobiles par ailleurs, se plantaient dans les miens comme des colibris qui auraient enfin trouvé où se poser.

J'avais été un peu vexé qu'elle n'ait pas du tout suivi *Objets perdus*, la série télé dont j'étais l'auteur et qui m'avait valu une forte attention médiatique et quelques récompenses, dont le prix Gémeaux du meilleur texte de téléroman en 2004. En même temps, son petit côté en marge des phénomènes de l'heure, intello *soft* plus attirée par ses livres que par les rendez-vous télévisuels, m'avait plutôt séduit.

Le sentiment n'avait pas grand-chose à voir avec la flamme de notre enfance, qui nous avait conduits à quelques naïfs baisers dans les sentiers du mont Girard, durant l'été qui avait suivi la fin du primaire. Une flamme qui s'était vite étiolée après notre entrée dans des écoles secondaires différentes, nos vies bientôt absorbées par la tourmente adolescente. Évidemment, il y avait ça entre nous, la nostalgie d'un temps de liberté, de nature et de vent. Nous avions maintenant de nombreux champs d'intérêt communs, pour l'histoire et pour les arts entre autres, et nous nous serions sans doute plu même si nous n'avions pas partagé ce bout de passé, mais il vibrait fort autour de nous, cet espace traversé de rires multipliés par les falaises, de chasse à la luciole et de canots renversés, qui aimantait nos échanges et calmait cette angoisse qui tôt ou tard saisit les jeunes trentenaires conscients que la vie devient une affaire sérieuse.

Voilà quatre mois que ça dure. Nous nous voyons tous les jours, presque toutes les nuits, et s'il n'y a encore jamais eu de grande déclaration, c'est que rien ne sert de le dire tout haut : nous deux, ce n'est pas un feu de paille.

« C'est pas l'endroit idéal pour s'installer, faire des enfants ? »

Elle dit ces mots sur un ton qui me fige. C'est une question mais à peine. Plutôt une évidence. Nous avons passé cette lente soirée à discuter de notre ancien patelin, toutes lumières éteintes, un verre à la main, dans le salon de mon petit appartement de la rue de Bordeaux qu'une neige de février baigne d'une clarté fragile.

Ça a commencé par des souvenirs de cour d'école, de bagarres et de jeux secrets. Puis nous avons évoqué en riant la prof de troisième année, une religieuse minuscule et constamment agitée. Ça a glissé vers une peinture délicieusement nostalgique de notre enfance envolée. Saint-Denis-de-Brompton. Ces forêts denses, où nous avons tellement aimé nous perdre, ces lacs aux formes impossibles, pleins d'anses et de presqu'îles, où nous avons appris à nager. Le chemin des Écossais, dont Laure m'apprend qu'il doit son nom à un groupe de colons venus d'Écosse pour défricher l'endroit, au XIXe siècle. Ces vitraux que Claude

Lafortune a conçus pour la nouvelle église, après que la précédente, celle où nous avons fait notre première communion, eut été démolie parce que jugée trop vétuste.

— Alors ?

— Écoute, je sais pas trop... Ma vie est ici, Laure, la tienne aussi. T'as pas peur de te sentir coupée du monde ?

Mais l'opposition est molle, elle le sait. Rapidement le projet prend forme : retourner vivre là-bas. Laure travaille à la Grande Bibliothèque, elle pourrait chercher un emploi dans une librairie ou une bibliothèque de Sherbrooke ou de Magog. Moi, je me suis fait un petit nid à Montréal, mais après tout, un auteur de téléromans peut vivre n'importe où. Et puis je peste sans arrêt contre le bruit constant de la métropole et cet air souvent lourd qui me cause des crises d'asthme... Je travaillerais sans doute mieux loin de la ville.

Évidemment, j'aurais à passer par-dessus d'autres souvenirs, douloureux ceux-là. Mais je m'en sens la force aujourd'hui, vivre là m'aidera peut-être même à calmer les aiguilles encore vives du deuil.

* * *

Dès le lendemain, en prenant le café, je regarde sur le Net les maisons à vendre à Saint-Denis-de-Brompton. La plupart, je ne les reconnais pas. Constructions plus ou moins récentes, qui datent d'après cette période où le village et les environs n'avaient aucun secret pour moi.

Je regarde surtout ce qui est à vendre au bord de l'eau, près de l'un de ces quatre lacs qui font de Saint-Denis (vingt-cinq minutes de route de Sherbrooke, une heure trente de Montréal) une destination de choix pour la pêche et les sports nautiques. Il y a beaucoup de chalets parmi les offres, d'ailleurs. Et pour un Montréalais, les prix ne sont pas trop décourageants.

— Tiens, tiens, il faut croire que mon idée est pas si mauvaise, dit Laure, que je n'avais pas entendue se lever.

— Je jette un œil, c'est tout. Manipulatrice…

Elle rit en m'agrippant par le cou. Je tombe sur le tapis, à sa merci. Son regard a quelque chose de celui d'un pêcheur sûr d'avoir bien ferré sa proie.

Une heure et trois cafés plus tard, nous avons épluché à peu près toutes les offres de vente pour Saint-Denis et les environs, l'état actuel des maisons nous important moins que leur emplacement. Mais à vrai dire, notre choix est déjà arrêté. En fait, j'ai l'impression que c'est la maison elle-même qui nous a choisis, cette vieille chose en bois qui de toute évidence va venir à bout de nos énergies et de nos économies. Vieille chose à dix mètres du Petit lac Brompton, faut-il dire, sur un grand carré de verdure à moitié envahi par la forêt.

Je la reconnais, cette maison. Je vois exactement où elle se trouve. Dans le temps c'était une femme âgée qui vivait là. Seule, je me rappelle. Un ami à moi l'appelait « la sorcière ».

— Ça nous ressemble, avoue !

Je n'ouvre pas la bouche, mais elle peut lire la réponse dans mes yeux : ça nous ressemble, Laure, c'est vrai.

Je m'approche de la fenêtre. Devant Montréal assoupie, je pense à mes parents. J'essaie d'imaginer le moment, il y a près de trente-cinq ans, où ils avaient eux aussi choisi d'élever leur famille loin de la métropole, mon père jeune professeur de littérature, ma mère encore étudiante, dans ce coin de l'Estrie encore profondément rural et où eux, à l'époque, ne connaissaient personne. Je souris en me disant que je suis sur le point de vivre à mon tour une sorte de retour à la terre, de quitter une ville qui a pourtant été généreuse avec moi depuis que je m'y suis installé, il y a douze ans, pour m'inscrire à l'Université de Montréal, concentration cinéma.

C'est un vieux scénario : on vient vivre dans les villes en recherchant quelque chose de précis ; cette chose trouvée, on plie bagage pour retrouver l'imprécis des espaces à demi sauvages.

* * *

Il fallait s'y attendre, à partir de là tout se bouscule. Rendez-vous à la banque pour connaître l'état de notre crédit, début de recherche de Laure pour trouver du boulot en Estrie, et bien sûr visite de cette maison un peu austère qui en aurait effrayé plus d'un, mais qui achève de nous séduire dès que nous en passons la porte.

Elle grince fort, cette porte, le plancher craque et la déco n'a pas été retouchée depuis que l'homme a marché sur la Lune, mais nous voyons tout de suite ce que nous pourrons en faire. Pendant que Laure énumère déjà tout ce qu'il y aura à retaper dès le départ, de mon côté, bien égoïstement, je n'ai de pensées que pour mon nouvel espace de travail.

Ma série télé, consacrée aux boires et déboires de jeunes professionnels qui tentent de traverser la trentaine sans trop de dommages, s'est terminée quelques mois plus tôt au terme de trois années de diffusion. Un petit succès remarqué dans le milieu, qui m'a permis de décrocher un soutien assez substantiel à la création d'un prochain concept. J'ai de quoi voir venir pour un an ou deux, en faisant attention, et je me vois déjà assis à une grande table, des journées entières, dans cette pièce à l'étage dont la fenêtre est grattée par les branches d'un érable et à travers laquelle clapotent les eaux du lac.

Un et deux
Dessine le feu sur le froid
Le printemps court
Éveille tout autour de nous

Trois et quatre
Viens chanter avec la rivière
Viens voir tout au bout du courant
Les terres nouvelles où va Nolka

Cinq et six
La lune brille sur tes rêves
La sève a pris son chemin lent
Au matin l'arbre sera nu

Sept et huit
Le ciel a embrassé la Terre
Après l'hiver tout recommence
Tout recommence après l'hiver

Cinq

Trois mois plus tard, quand je stationne la voiture au 12, chemin Gaulin, je n'ouvre pas la portière tout de suite. Laure non plus. Nous restons immobiles un long moment, à écouter le vent siffler dans la carrosserie de la Subaru. Nous sommes déjà venus plusieurs fois ces dernières semaines, pour la visite, l'inspection, et pour le souper auquel nous avait conviés la propriétaire, Agnès Théberge, très émue de quitter cette maison qui a abrité la majeure partie de sa vie.

Il s'agissait bien de la dame qui dans mes souvenirs habitait là, maintenant contrainte, avec ses 86 ans et ses yeux en mauvais état, de migrer vers le foyer. Madame Théberge n'avait rien d'une sorcière. Elle était de fait adorable, très douce. Elle vivait seule depuis la mort de son mari, victime d'un accident de chasse quarante ans plus tôt.

— Claude était l'homme de ma vie, nous avait-elle dit pendant le repas, le regard embué. Je me suis jamais rembarquée avec un autre. J'ai préféré vivre avec son souvenir, ici, dans cette demeure où on a eu de si belles années.

— Vous n'avez pas eu d'enfants ? lui avait demandé Laure.

— Eh non, jamais. Mais j'ai accueilli ici des neveux, des nièces, parfois pour de longues périodes. La maison est devenue une sorte de refuge pour ceux qui filaient un mauvais coton !

Un sourire avait éclairé son visage parcheminé. Puis madame Théberge était devenue plus grave.

— Mais dis-moi, Thomas, tu sais ce que c'est que de perdre des proches, non ?

Sa question m'avait saisi. Mes parents n'avaient jamais eu, que je sache, de contact avec elle. Elle avait perçu mon trouble.

— Excuse-moi, je veux pas te rappeler de mauvais souvenirs. Tu sais, dans une petite place comme ici, tout le monde est au courant de tout. C'est arrivé durant un voyage, non ?

Laure avait pris ma main dans la sienne.

— Ils sont morts dans un accident de la route au Mexique, oui, avais-je expliqué. Il y a huit ans maintenant. Ç'a pas été facile pour mon petit frère et moi, je vous avouerai.

— Mes pauvres choux…

Après un silence, elle s'était tournée vers Laure.

— Pis toi, ma belle ? T'as grandi ici toi aussi, non ?

— Oui, j'habitais dans le bout du lac Montjoie. Je devais avoir dans les quinze ans quand on a déménagé, mes parents et moi.

Laure avait un peu hésité, puis avait poursuivi.

— Mon père a eu des difficultés, à cette période-là. Il était propriétaire de magasins d'électronique et les affaires sont devenues difficiles. La concurrence… Il avait peut-être vu trop grand, trop vite. Bref, il a fait faillite, on a quitté la région. Depuis plusieurs années, mes parents vivent en Floride. Une façon de couper avec le passé, j'imagine. Bien franchement, j'ai pas les meilleurs rapports avec eux.

Laure avait vivement secoué la tête, comme si elle regrettait d'en avoir dit autant.

— Ça me fait de la peine d'entendre ça… Chacun porte sa croix, comme on dit. En même temps, vous vous êtes trouvés, tous les deux. Vous êtes beaux comme tout, pis j'espère très fort que cette grande maison actuellement un peu vide va vous permettre de prendre un nouvel élan…

Un nouvel élan. C'est bien ce que nous avons à

l'esprit aujourd'hui, assis dans l'auto. Les tourments semblent loin, demain a tout d'un écran blanc sur lequel un beau chapitre va s'écrire.

— C'est vrai cette fois, on est chez nous.

— Chez nous, répète Laure, le sourire aux lèvres.

Puis, comme touchée par la foudre, elle sort en trombe de la voiture et se précipite au bord de l'eau. Pendant que je la rejoins, elle enlève ses vêtements en se tortillant et s'élance vers le lac, certainement glacé en cette mi-mai.

— Laure, t'es folle !

Mais le lac l'a déjà avalée, dans un claquement qui court à la surface et dont l'écho revient bientôt, chargé de quelque chose qui me rappelle une église.

Laure émerge enfin, tourne vers moi un visage ahuri et lumineux, puis hurle à en faire trembler les nids d'oiseaux. Je ne peux pas la laisser baptiser l'endroit toute seule. Je n'ai aucune envie de piquer une tête, mais je ne réfléchis plus. Me voici pieds nus, à lancer mon pantalon dans l'herbe et à courir vers elle en hurlant à mon tour.

Après un court baiser au goût de métal froid, nous regagnons la grève enlacés, les lèvres bleues. L'instant d'après nous sommes dans la maison, sautillant dans les pièces vides en nous séchant tant bien que mal avec nos vêtements récupérés à la hâte.

Je repère quelques bûches laissées par l'ancienne propriétaire, près du poêle installé de biais dans un coin de la salle de séjour, alors je cours à la voiture en caleçon, l'air idiot et grelottant, pour en revenir avec un bout du *Voir* de la semaine, un briquet et les deux couvertures apportées pour passer cette première nuit, en attendant que les déménageurs arrivent, le lendemain.

— T'as pas réfléchi beaucoup. On va tomber malades…

Laure accueille mon brin de morale en riant comme je l'ai rarement vue rire, fière de son coup.

Nous nous tenons bientôt debout près du poêle. Nos corps appellent la chaleur naissante.

— La Chalande…

Je fronce les sourcils.

— Quoi?

— On pourrait l'appeler La Chalande. La maison.

— Chalande?

— Féminin de *chaland*. Grand bateau à fond plat qui remonte les fleuves. On pourrait imaginer qu'après avoir traversé quelques tempêtes, notre bateau est venu s'amarrer ici, bien à l'abri.

Je l'embrasse en détachant son soutien-gorge

détrempé, libérant lentement cette peau tendre et rougie dont la vue allume un autre feu.

Je me dis que le bonheur s'abat parfois sur nous de façon aussi violente que le malheur tandis que nos membres, où s'affrontent l'hiver et les flammes, font craquer les planches et emplissent de cris légers la vaste caisse de résonance qu'est devenue la maison. La nôtre. La Chalande.

Six

1985

— Hé, Thomas, c'est ton tour…
— Bof.
— Comment ça, bof ?
— Vas-y, tire encore.

Steve me regarde comme si j'avais un troisième œil au milieu du visage.

— Comme tu veux, mais je te laisse pas de chance. Ton tir est annulé, c'est toi le pire.

Il est déjà à genoux, à recharger la carabine à plomb.

— Aux Olympiques, là, penses-tu que les tireurs peuvent dire, en pleine compétition, « bon, j'ai pus envie, je vas tirer plus tard » ? C'est toi le pire, Thomas Fontaine. Si je réussis mon coup, c'est moi le champion du rang 11.

Je ne réponds rien. Steve s'est recouché sur le ventre, à côté de moi. Il appuie sa joue sur la crosse et cible la boîte de soupe Habitant, là-bas sur la grosse pierre.

— MANQUÉ !

La voix nous fait sursauter. Camil Béchard se tient debout juste derrière nous, on ne l'a pas entendu approcher. Camil Béchard, que le père de Steve appelle l'idiot du village.

— Manqué ton coup ! Manqué ton coup ! répète-t-il en étirant un sourire plusieurs fois troué.

Avec son éternelle salopette et sa casquette Michelin pas très propre, il a une allure impossible. Tout le monde s'éloigne sur son passage, d'ailleurs, après un petit sourire gêné. Il faut dire qu'il parle tellement vite, en mâchant ses mots, que la plupart des gens ne le comprennent pas. Mais nous on a l'habitude, il ne nous fait pas peur.

— Ferez pas gros chasseurs, tits gars.

— T'as failli nous faire faire une crise de cœur, lui dit Steve, fâché pour de vrai. Fais-nous pas des peurs de même, Camil. La prochaine fois on te tire un plomb dans l'cul !

Le visage de Camil se décompose, il a pris la menace au sérieux.

— C'est une blague, Camil. Mais fais attention.

— OK, OK, répond-il en s'assoyant à côté de nous.

Il émet un gémissement qui me rappelle celui d'un chien qu'on vient de punir, puis retrouve son humeur enjouée aussi rapidement qu'il l'avait perdue.

— Toi tirer, là ? dit-il en me désignant du menton.

Mon regard s'échappe vers les bois.

— Il est pas dans son assiette, Thomas.

Camil regarde Steve, puis se tourne de nouveau vers moi, la tête inclinée, avec une expression que je ne lui connaissais pas. Il s'inquiète pour moi, on dirait qu'il veut me prendre dans ses bras. Je plonge mes yeux dans les siens.

— Toi, Camil, vas-tu des fois marcher de l'autre bord du village, dans le bout du dépotoir ?

— Han ?

— On te voit toujours par ici, le long du rang 11, mais est-ce que ça t'arrive d'aller vers le dépotoir, ou vers le *pit* de sable ?

— Pourquoi tu lui demandes ça ? me dit Steve en cognant la carabine sur son genou pour ouvrir la culasse.

— C'est à lui que je parle, Steve.

Camil fixe le sol maintenant, il joue avec de la

terre qu'il fait glisser dans sa main. Il relève les yeux vers moi.

— Toi aussi cherches Ninnick, han ?

* * *

Ça me fait penser à une roche lancée dans un lac, par un jour sans vent. Le PLOC, les ronds qui se forment à la surface et qui courent, qui courent, leur petite vague partie à l'assaut du lac entier.

Parti, Yannick n'a jamais été aussi présent. Après ceux de Saint-Denis, les gens des villages voisins se sont mis à contribuer aux recherches, eux aussi. Tous les jours, des équipes se forment, parfois supervisées par la police, parfois pas, et s'enfoncent dans la forêt vers des zones qui ont peut-être été négligées durant les battues, ou encore vers des périmètres plus éloignés. On se concentre maintenant sur les rives des plans d'eau, même ceux qui sont loin de chez Yannick.

Un petit groupe s'est formé pour soutenir sa mère. C'est la tante de Steve qui en a eu l'idée, à ce qu'il paraît. Steve l'a entendue raconter que madame Robert n'arrivait plus à rien faire toute seule. Elle a même besoin d'aide pour manger, comme une enfant.

Les parents ne parlent pas beaucoup devant

nous. Ils voudraient nous épargner, comme si c'était encore possible. On entend quand même. Hier, par exemple, quand mon père s'est arrêté à la station-service pour faire le plein, les mots du pompiste ne m'ont pas échappé par la vitre entrouverte de l'auto : « C'est ben triste mais rendu là, faut se préparer à une mauvaise nouvelle… » Et puis on raconte l'histoire à la radio et à la télé, maintenant. « Un garçon de treize ans est toujours porté disparu à Saint-Denis-de-Brompton, en Estrie. Il a été vu pour la dernière fois il y a six jours, près du domicile familial. On croit qu'il s'est égaré en forêt, mais les pistes de la noyade ou de l'enlèvement ne sont pas écartées par les enquêteurs. »

Un matin, tous les villageois trouvent dans leur boîte aux lettres une invitation pour le spectacle spécial organisé par la chorale du village, La Voix des lacs. « Pour aider la communauté à traverser cette période difficile, La Voix des lacs vous convie à un concert dédié à Yannick Robert et à ses proches. Au programme, des œuvres de Mozart, de Gershwin ainsi qu'une pièce composée spécialement pour l'occasion par le maître de chœur, Eustache Péloquin. »

Sébastien, mon petit frère de dix ans, fait partie de la chorale. Il paraît très ému à l'approche de ce concert. Il a les yeux brillants quand, un soir pendant le souper, ma mère passe la main dans ses cheveux roux.

— Tu te souviens de ce que monsieur le curé a dit ? « Ça va être tellement beau, vos voix qui résonnent dans l'église, que Yannick va les entendre et va peut-être bien décider de rentrer à la maison... »

Plus tard ce soir-là, après qu'on a enfilé nos pyjamas, mon père nous agrippe par la taille, Sébastien et moi, et simule un bruit d'avion en nous entraînant vers le salon.

— Par ici vous deux !

Il nous largue sur le divan et se dirige vers la bibliothèque non loin, où repose, sur une tablette, un livre déjà ouvert. *Contes de l'enfance et du foyer*, je reconnais la couverture.

— Je vous ai déjà raconté plusieurs histoires des frères Grimm, mais pas celle-là.

Depuis la cuisine, notre mère intervient.

— Frédéric, c'est peut-être pas le bon moment. Les gars sont épuisés...

— Rien qu'une histoire, pour se changer les idées. Aujourd'hui, les garçons : « Le vaillant petit tailleur ». On y va ?

— OK...

Je suis le seul à répondre, mais Sébastien

acquiesce du regard. Les bras enroulés autour de ses genoux, il reste immobile dans les coussins défaits. Quand notre père vient s'asseoir entre lui et moi, on se love tous les deux contre lui. On n'écoute qu'à demi l'histoire de cet enfant rusé qui, né tailleur, finira par épouser une princesse et devenir roi. Notre esprit est trop plein des événements récents pour s'ouvrir à des péripéties qui se déroulent aussi loin de nous, mais on laisse la voix caverneuse de mon père nous engourdir peu à peu et nous conduire au bord du sommeil.

Sept

2005

Il y a des années que je n'ai pas fait ça. Marcher pieds nus dans la rosée, me laisser gagner par le sentiment de fouler le premier matin du monde.

Une mince fumée s'échappe de la cheminée. J'ai ranimé le feu avant de sortir, en faisant le moins de bruit possible pour ne pas réveiller Laure. J'arpente notre nouvel espace, lentement, renouant avec un rythme que la ville décourage, disponible à chaque détail, aux cailloux fins qui bordent le lac, aux branches sur la grève, recrachées par les eaux, polies et pâles. Des images se forment en moi sans effort. Je les écrirai tout à l'heure, dans ce bureau là-haut dont la fenêtre me regarde.

Je sens des années de bruits et d'urgences glisser sur mon dos. Je me dis que la terre les filtrera comme une pluie. Pendant quelques secondes le tableau est parfait.

Puis sans prévenir ça remonte, ça étire ses ombres.

Ces dernières années, je passais des saisons entières sans y penser. Instantané tombé au fond de mes souvenirs. Je croyais la page tournée pour de bon. La disparition de notre camarade, en sixième année. La période sombre qui avait suivi. Mais j'aurais dû m'y attendre : tout comme la distance, le temps qui me sépare de cette histoire s'est rétréci comme une peau de chagrin. Le mystère est là, tout près, entier. Je l'entends battre sous mes tempes.

On n'a jamais retrouvé Yannick-Lunatique. De locales, les recherches étaient rapidement devenues nationales. Pendant près de deux ans, jusque sur les plus importants plateaux télé, on avait parlé de Yannick Robert, de son inexplicable disparition, de l'absence complète de piste sérieuse, hormis quelques théories abandonnées une à une. On avait diffusé en boucle une photo de lui, toujours la même, sur laquelle on reconnaissait bien, derrière les lunettes, le regard doux, un peu absent, de ce garçon envolé.

Deux années durant lesquelles on avait montré mille fois le visage noyé de sa mère, brutalement endeuillée de tout ce qu'il lui restait sur terre.

Assis contre une souche, je fais chanter depuis le matin le sisiwan que m'a fabriqué mon père. Les yeux fermés, j'agite la corne évidée, remplie de grains de maïs et refermée par une peau tendue. Je tiens le rythme en pensant à Kizitogoak, le grand esprit à l'origine de tout. Kizitogoak, qui a donné un rythme au monde avec son sisiwan, lui aussi.

Comme il n'a pas de bras, Kizitogoak a eu besoin d'aide. Alors il a créé Kizidaôdak, c'est lui qui a agité le hochet et animé le ciel, la terre et les eaux d'un mouvement sonore. Il a aussi créé Tsi Niwaskw, c'est elle qui a donné un esprit à toutes choses.

Je tiens le rythme, je sais ce qui va suivre. Quand un premier bruant vient se percher tout près et lance les neuf notes aiguës de son chant, c'est à moi qu'il répond, je le sais.

Ils sont trois maintenant, et d'autres viendront. Comme viendront des pics et des perdrix. Personne d'autre que moi ne sait le faire.

Quand j'ouvre les yeux, j'en aperçois plusieurs tout autour. Et j'en devine d'autres, par dizaines dans le rythme avec moi. Je pourrais en profiter pour chasser, voir la fierté dans les yeux des grands, au campement, me voyant revenir en tenant par le cou une perdrix ou un lièvre. Mais aujourd'hui je ne veux que m'en approcher, être animal moi aussi, loin des mots, loin du clan, là où la forêt se penche sur moi et me couve.

Peut-être qu'un jour viendront aussi ces petits hommes de pierre qui aiment jouer des tours, ceux pour qui nous laissons des feuilles de tabac dans les clairières, pour que les sentiers nous soient favorables. Je ne les ai jamais vus, moi, mais on me dit qu'ils ne sont jamais loin, qu'ils accompagnent notre marche dans les bois.

Huit

La mémoire. On a l'impression que le passé se recouvre peu à peu d'une poussière qui en efface les contours, on est continuellement déçu d'elle, la mémoire, parce qu'elle ne redit que par bribes les événements d'il y a quelques années, comme un corps de métal immergé, rongé par la rouille et qui, une fois sorti des eaux, raconte à grand-peine une histoire trouée. Mais voilà que frottée à des circonstances particulières, la peur, l'absence, ou par ce dispositif secret qui a pour déclencheur un grain de voix, de peau, une odeur dans le vent, la même mémoire nous redit des pans intacts d'hier.

Tout me revient. Durant les jours qui avaient suivi les recherches collectives en forêt, l'inspecteur – il s'appelait Cadieux – avait fait venir un à un les élèves de ma classe dans le petit bureau où il s'était installé, près du gymnase de l'école. Chacun avait été terrorisé quand était venu son tour de dire tout ce qu'il savait de Yannick-Lunatique. Et si l'une de nos déclarations faisait de nous des coupables potentiels ? Mais l'inspecteur était très doux avec nous, et puis nous avions bientôt su qu'un éventuel coupable, il en avait déjà un dans la mire.

C'est Hugo qui nous l'avait appris, à la récréation : la veille, il avait entendu ses parents parler du livreur de journaux, Carl Bibeau, un gars d'une vingtaine d'années qui avait abandonné les études et vivait seul dans une petite maison héritée de sa mère. Il s'y enfermait tous les jours en milieu de matinée, après avoir distribué le quotidien *La Tribune* aux abonnés de Saint-Denis et être allé manger ses œufs brouillés au 222, une cantine à la sortie du village. Bibeau avait incarné aux yeux de plusieurs le suspect idéal. On s'était mis à voir des débuts de preuves dans son tempérament taciturne et sa presque vie d'ermite, y mettant bientôt tellement de fiel que la police avait pris la thèse au sérieux.

Le soir du spectacle de la chorale, où Bibeau avait brillé par son absence, la petite société en mal de théorie pour expliquer le drame s'était jetée sur ce début de piste comme un loup sur un morceau de viande fraîche. Il faut dire que les deux voitures de patrouille restées longtemps stationnées devant chez lui, quelques jours plus tôt, avaient enflammé les imaginaires.

Dans les faits, aucune accusation n'a jamais été portée contre Carl Bibeau, que rien de concret n'incriminait, mais les villageois n'avaient pas renoncé facilement à ce procès spontané, qu'aucune autre explication, faut-il dire, ne venait relayer.

* * *

Nous avions bien senti, en cet été 1985, le souci des uns et des autres de nous accompagner dans nos questionnements et nos angoisses. Chez moi comme chez mes amis, les parents nous encourageaient à exprimer ce que nous ressentions, à en discuter entre nous, à nous laisser aller à pleurer si les larmes venaient.

Il y avait aussi le groupe de discussion créé quelques années plus tôt par l'abbé Théorêt, le curé du village. Périodiquement, celui-ci réunissait des jeunes de la municipalité à son chalet, sur une presqu'île du Grand lac Brompton. Après la disparition de Yannick, ces réunions avaient beaucoup tourné autour du sujet, jouant un peu le rôle de thérapie.

J'y étais moi-même allé, trois ou quatre fois.

L'abbé Théorêt nous fixait rendez-vous devant le presbytère, le samedi en début d'après-midi, puis nous faisait monter dans une Econoline bleu foncé. Nous nous serrions à six ou sept sur les banquettes arrière, nos maigres jambes glissées tant bien que mal entre une caisse de Bibles en format poche et une tronçonneuse, et écoutions, durant les quinze minutes que durait le trajet, le curé nous parler de l'importance de l'entraide et de la parole, durant les passages difficiles de la vie.

    J'avais assisté à quelques scènes troublantes, ces samedis-là. Chacun réagissait à sa manière à la disparition. Certains parlaient de cauchemars, de nuits à chercher le sommeil en tentant d'imaginer où se trouvait Yannick, ce qu'on lui faisait subir. D'autres admettaient, après avoir joué les durs, leur inquiétude que « ça » leur arrive à eux aussi. Parfois, le climat émotivement chargé révélait autre chose. La fois, par exemple, où André, celui qui disait n'avoir peur de rien et se moquait facilement des faiblesses des autres, avait éclaté en sanglots, sans prévenir, et avait fini par prétendre qu'il subissait des violences à la maison. Je n'ai jamais su si l'épisode avait déclenché une enquête, ou à tout le moins des vérifications discrètes, mais je présume que le curé n'avait pas laissé sans suite un tel récit.

Ces journées d'échange et de réflexion étaient entrecoupées de séances de ski nautique, l'abbé Théorêt possédant un petit bateau à moteur amarré devant le chalet, ce qui avait rendu ses invitations de plus en plus populaires au fil des semaines.

Nous nous étions attachés à ce vieil homme, habile à manœuvrer son hors-bord autant qu'à délier nos langues et à nous faire partager ce que nous avions sur le cœur. Il arrivait à nous faire oublier le grand nombre d'années qui nous séparait. Il ne présentait d'ailleurs jamais ces brèves retraites comme des cercles de catéchèse, mais comme un groupe de copains, qu'il appelait « le club des amis du lac ». Nous avions donc été fortement ébranlés quand un deuxième drame avait marqué cette année pas comme les autres.

Un après-midi de septembre, peu après la rentrée scolaire, l'abbé Théorêt s'était assis dans les marches de l'église, d'où on a une vue parfaite de tout ce qui se passe au carrefour principal de Saint-Denis. L'épicerie en face, la pizzeria à gauche et, en angle, l'ancienne école primaire, dont la cour a continué, après les heures de classe et durant la fin de semaine, d'être bruyante de jeux d'enfants.

Il s'assoyait souvent à cet endroit, l'abbé Théorêt, c'était devenu pour lui une sorte de poste d'observation. Aussi personne ne s'était inquiété de le voir y rester longtemps, ce jour-là. Ce n'est qu'à la brunante que madame Morin, caissière à l'épicerie, avait cru bon de profiter de sa pause pour traverser la rue et aller s'enquérir de l'homme d'Église appuyé contre la rampe, les yeux mi-clos.

— Monsieur le curé, j'ai l'impression que vous vous êtes endormi là… Vous seriez mieux dans votre lit, monsieur le curé. Monsieur le curé ?

Il était mort.

Demain, on va me donner un nom. Les grands me l'ont annoncé. J'ai perdu une dent, c'est pour ça. Ma mère va cesser de m'appeler « tsidis », je ne serai plus son petit bout d'oignon rien qu'à elle. Je sais que ce nom racontera un peu le matin de ma naissance. On ne m'a pas tout dit de ma naissance, mais j'ai compris qu'elle ne s'était pas passée comme les autres, que j'avais failli retourner auprès de Kizito-goak avant même de connaître le chant des bruants.

Neuf

Laure est partie tôt ce matin. Nous devions aller magasiner les frigos ensemble, à Sherbrooke, mais devant mon peu d'empressement à m'extraire du lit, elle m'a dit que j'allais devoir vivre avec son choix et nous a laissés seuls, mes restants de songes et moi.

Je dors beaucoup depuis que nous avons posé nos boîtes ici. La nuit m'avale tout entier, les matins s'étirent. Au réveil, je passe de longs moments à ne bouger que des yeux. Mon regard va de ces branchages qui grattent infatigablement les vitres à cette ampoule nue au bout de son fil, au-dessus du matelas posé à même le plancher. Il faudra installer un plafonnier, Laure a horreur du bric-à-brac, mais curieusement l'idée me peine. Je la trouve touchante cette ampoule dérisoire, tendue comme un vieux doigt.

Mes pensées vagabondent encore un temps, pointant peu à peu vers l'ordre dans lequel je vais ouvrir les boîtes. Il y en a des monticules aux quatre coins de la maison. La vision suffit à me crisper. Habitué aux journées bien remplies, je suis facilement désorganisé quand il n'y a pas d'horaire, que mille choses à faire dans un ordre ou dans un autre.

Je suis assis dans les draps maintenant, je vois quelques centimètres du lac par les carreaux. Je viens de me convaincre d'aller ranger les ustensiles quand ça me reprend. Cette vieille histoire. Ce drame consumé par les années, comme tous les autres, mais qui soudain fait le bruit d'une porte qui se mettrait à battre dans un mauvais vent.

Je m'occuperai des boîtes plus tard. J'enfile une chemise épaisse, un jean et glisse mes pieds nus dans des espadrilles. Je mange un bout du pain aux raisins laissé sur le comptoir, avale la gorgée de café froid qu'il reste au fond de la tasse de Laure et sors. Il fait doux ce matin, l'air est bon. Les pluies des derniers jours ont été bues par la terre, lourde comme un animal ensommeillé.

J'enfourche mon vélo sans savoir où il va me conduire. Le chemin Gaulin longe le lac, conduit bientôt au tortueux chemin Duclos, aussi défoncé qu'à l'époque où j'y roulais en BMX, qui lui débouche bientôt de l'autre côté du lac. Je reconnais plusieurs des chalets, déjà vieux quand j'étais gamin. Certains ont eu droit à une cure de rajeunissement, à des agrandissements, à une nouvelle fenestration. D'autres ont l'air d'avoir été oubliés par les ans, figés entre deux haies de cèdres négligées.

Je repère en souriant cette maison où habitait Hugo, en haut d'une côte abrupte où je me suis déjà ouvert un genou en voulant impressionner mes amis. « Qui c'est qui est *game* de la descendre sans tenir les poignées ? »

Le temps se replie. Je m'arrête maintenant devant un terrain marécageux, où j'étais venu réaliser un exercice pour un cours de photographie à l'université. « Trouvez un endroit qui signifie quelque chose pour vous, avait dit la professeure, et composez un tableau équilibré, avec un élément au premier plan. Vous allez nous en proposer deux versions : l'une où tout est au foyer, l'autre où l'arrière-plan est volontairement flou. »

J'avais profité d'une visite chez mes parents pour faire ce travail consacré à la profondeur de champ, en prenant pour sujet une vieille souche qui évoquait vaguement un grand héron. En développant les photos, en chambre noire, j'avais su que j'aurais une mauvaise note : sur la deuxième image, tout était flou. Je me souviens avoir vu plus tard, en tombant sur les clichés dans une boîte oubliée, durant cette semaine horrible où nous avions vidé la maison de mes parents, une forme d'annonce funeste dans ce bout de paysage traversé mille fois et soudain étrangement voilé, impénétrable.

Je les sens tout près. La barbe de mon père contre la peau de mon front, quand il m'embrassait le soir en rentrant du travail. Le regard de ma mère, qui parfois semblait ne plus voir, tourné vers un espace intérieur auquel nous n'avions pas accès. Les traits de leurs visages me reviennent avec une acuité que je ne croyais plus possible.

Je rejoins la grande route de Saint-Denis, la 222, qui descend jusqu'au village. Je reconnais sur la droite l'immeuble qui abritait autrefois Chez Rose Pizza, où mes amis et moi allions manger dès que nous avions quelques dollars en poche et où se dressait, dans un coin, une merveille de technologie qui gobait nos dernières pièces de monnaie : un jeu de *Pac-Man* tout neuf, étincelant, qui tranchait avec les murs de contreplaqué beige et le vinyle vert usé des banquettes.

Je ne roule pas vite, en roue libre la plupart du temps. J'ai en tête la phrase d'Eleanor Farjeon que j'ai notée l'autre jour dans un calepin : « Les choses de l'enfance ne meurent pas, elles se répètent comme les saisons. » L'ivresse est à la fois bonne et inquiétante, comme une prairie de carte postale dont on sait qu'y dorment quelques mines oubliées.

Je résiste à l'envie d'aller jusque là-bas. Il n'en reste sans doute plus trace, de toute façon.

Dix

1985

Tout vibre, j'ai l'impression que mon cerveau se cogne aux parois de mon crâne. Devant, la moto de Steve saute comme l'image de la télé, quand l'antenne est déplacée.

Ça fait vingt minutes qu'on roule dans le champ des Roberge, à travers les nids de fourmis. On s'est fait un petit circuit qu'on appelle « l'épreuve des bosses ». La terre est mouillée, en plus, alors on est sales de la tête aux pieds.

Après les trente tours prévus – Steve m'a battu de quelques mètres –, on s'arrête l'un à côté de l'autre.

— J'ai les mains tout engourdies, se plaint Steve en enlevant son casque.

— Moi aussi !

On se regarde et on éclate de rire.

Depuis la disparition, nos parents nous ont

demandé de rester plus près de chez nous. Finies les grandes virées jusque de l'autre côté du village, pour l'instant en tout cas. Alors on s'invente des circuits un peu différents.

— As-tu envie d'aller à l'étang, après le dîner ? D'après moi ça va mordre.

Juin est chaud cette année. Le crapet-soleil et la truite mouchetée sont au rendez-vous, dans l'élargissement de la petite rivière qui coule deux cents mètres derrière chez Steve.

— Je pense pas, Steve, j'avais autre chose de prévu.

— Quoi ?

— Ben, autre chose.

Je le sens, ça va mal tourner entre nous deux.

— Tu vas encore aller voir Laure ?

Le sujet est délicat. Ça n'a pas fonctionné entre Caroline et Steve, et il prend mal que ça ait marché de mon côté, d'autant plus qu'il perd à moitié son ami.

— On va pêcher demain matin, si tu veux.

— Mmh, peut-être, marmonne-t-il en remettant son casque.

— Laure part bientôt en voyage, Steve, je veux juste la voir un peu…

Il a déjà redémarré son moteur.

* * *

J'ai rendez-vous avec Laure chez Rose Pizza. On s'était promis d'y aller ensemble avant qu'elle ne parte pour un mois en Europe, avec ses parents.

Entre deux gorgées d'Orange Crush, elle me raconte le circuit qu'ils ont prévu : France, Espagne, Portugal. Je lui dis qu'elle est chanceuse, que nos projets de vacances à nous se limitaient pour cet été à une dizaine de jours à Ogunquit, Maine.

— Vas-tu t'ennuyer de moi?
— Qu'est-ce que t'en penses?
— Au mois d'août on va se voir tous les jours, OK? Pis après aussi, même si on va plus à la même école.

Pendant cinq secondes, je prends la teinte du ketchup que je suis en train d'étendre sur le pain de mon *cheeseburger*. Après un silence un peu gêné, on se met à parler de tout et de rien. Les premiers matchs de baseball de la saison – il est question que je devienne lanceur partant, cette année –, le spectacle de la Saint-Jean-Baptiste, les courses de démolition auxquelles participe le grand frère de notre ami Martin.

On parle de tout et de rien, comme tout le

monde à Saint-Denis, depuis six semaines, mais le sujet est inévitable. C'est finalement elle qui pose la question.

— Est-ce qu'il y a des jours où t'y penses pas, toi?

— Non.

Comme si elle nous avait entendus, Rose, la propriétaire, s'approche, appuie sa large personne sur la table d'à côté et s'adresse à nous.

— Comment ça va, les jeunes?

— Ça va, madame Rose, et vous?

— Ça va, t'es fine ma belle Laure.

Elle semble hésiter, puis ajoute :

— Il est dans votre classe, hein, Yannick Robert?

— Il était dans notre classe, oui. Mais on le reverra peut-être bien jamais.

— Dis pas ça, Thomas. Ça arrive qu'on retrouve des enfants qui ont disparu, même longtemps après.

Rose lève les yeux vers la cour d'école, qu'on voit bien depuis sa salle à manger. Son regard se brouille.

— Pauvre p'tit… Sa mère pis lui s'assoyaient toujours à la table au fond, là. Yannick prenait chaque fois la même chose : une pointe *all dressed* avec un extra bacon pis un *crème soda*.

On ne bouge plus, Laure et moi, on n'ose plus mastiquer. Tout est immobile dans le restaurant, sauf les épaules de Rose Pizza, secouée par des sanglots silencieux dans son uniforme bleu poudre, et le tableau d'accueil du massif jeu vidéo, non loin, où le petit glouton jaune continue d'avaler des billes comme si de rien n'était.

* * *

L'été va égrener ses heures et ses questions sans réponses. Nous ne nous verrons pas tous les jours du mois d'août, Laure et moi. Nous nous verrons à son retour, oui, nous retrouverons un peu de la flambée insouciante qui colore nos joues depuis le printemps, mais nous serons peu à peu séparés par tout ce que la vie place sur la route des enfants de douze ans.

Avec Steve aussi, je vis sans le savoir notre dernière grande saison de complicité. Il n'a pas été admis au collège privé où j'irai l'an prochain. Il me dit qu'il s'en fout. C'est peut-être vrai, mais nous aurons bientôt nos bandes respectives. Nous irons de moins en moins taquiner le crapet-soleil, nous ne ferons pas réparer notre carabine la prochaine fois qu'un plomb se coincera dans l'étroite culasse, et tout le monde apprendra à vivre avec l'idée que Yannick-Lunatique ne reviendra plus boire de *crème soda* sur sa banquette vert usé, toujours la même.

Onze

2005

Il est toujours là. Pour tout dire, je n'ai eu aucune difficulté à le retrouver. La même surface plane, sillonnée de quelques failles humides. La même tranquillité autour. Le village ne s'est pas développé vers ici, la forêt a la densité d'autrefois. En fait, elle a regagné sensiblement sur le sentier, de toute évidence peu emprunté.

Je reste longtemps immobile. Quand je pose enfin le pied là où la terre devient ventre-de-bœuf, je sais très exactement ce qui va se produire. La pluie des derniers jours a réveillé la boue, le sol va résister une seconde, puis ma chaussure va peu à peu disparaître. Je vais devoir lutter contre la succion.

Je ne lutte pas. Je pose mes deux pieds sur le ventre et me laisse faire pendant une minute, peut-être plus. C'est enfantin, je le sais, mais j'éprouve une irrésistible envie de m'enfoncer, de sentir la fraîcheur de la terre enserrer mes chevilles.

C'est un mouvement dans les bois qui me fait revenir à moi. Un chevreuil, à quelques mètres. Il disparaît rapidement derrière le rideau des troncs, mais j'ai le réflexe de reprendre pied pour mieux le suivre des yeux.

— Merde !

Mon espadrille gauche n'a pas suivi, déjà la vase se referme sur sa prise. J'entends cogner dans ma poitrine. Remontent en bataille la frayeur, les intuitions, les pourquoi.

Je renonce à fouiller dans le ventre à mains nues. Je reviendrai plus tard avec une pelle, me dis-je en enfourchant mon vélo, grimaçant quand la plante de mon pied entre en contact avec le métal froid et dentelé de la pédale.

* * *

Le soleil est déjà bas maintenant. J'ai croisé Laure à la maison, qui m'a annoncé le modèle de la cuisinière qui allait être la nôtre pour les prochaines années et est repartie presque aussitôt. Une voisine rencontrée au village deux jours plus tôt, que Laure avait connue autrefois dans les jeannettes, l'avait invitée à boire un café.

— T'es sûr que ça va ? T'as l'air fatigué, m'a-t-elle dit en passant la porte.

— Ça va. C'est l'installation… J'ai hâte de plus me cogner dans les boîtes, de recommencer à travailler un peu.

— Quand je vais rentrer tout à l'heure, on va donner un grand coup, OK ?

— Oui, mon lieutenant ! D'ici là je vais aller faire une petite épicerie, mon lieutenant…

Elle a tiré la langue avant de disparaître. J'ai empilé distraitement quelques casseroles et suis ressorti peu après elle.

Je stationne l'auto le long de la 222, passé le village. En sortant une pelle du coffre, je me sens soudain au beau milieu d'un film de série B, pensée qui tarde à se dissiper tandis que je m'engage dans la forêt.

Huit minutes plus tard, il est devant moi, impassible. Je repère les traces laissées il y a quelques heures et y plante la pelle avec une vigueur qui me surprend moi-même. La boue est lourde, je la découpe en carrés approximatifs. Au bout de quatre pelletées, je rencontre quelque chose de dur. L'espadrille, sûrement.

Au fur et à mesure que je le dégage, une vague

nausée me saisit, mon regard se voile dans la lumière du jour mourant. Mes doigts vont et viennent autour de la semelle pour la libérer.

— Maudit trou !

Les mots sont montés à ma bouche sans que j'aie pris le temps de les former dans mon esprit. Je récupère l'espadrille, mais un sentiment sourd et noir m'envahit. Mes doigts se crispent. Je reprends la pelle et creuse, creuse, fends la vase comme si je voulais la blesser.

Je creuse.

Combien de temps s'écoule ? Combien de coups ai-je portés à la terre quand je me redresse, épuisé, les poumons incendiés, avec entre les mains quelque chose que je refuse de reconnaître ? Là-haut la nuit achève de répandre ses encres. Je m'effondre, courbé dans l'herbe, replié sur une douleur aiguë, sans doute ma pire crise d'asthme depuis dix ans, incapable de quitter des yeux cette botte couchée devant moi, ce plastique délavé, troué par endroits.

La botte de Steve perdue là vingt ans plus tôt.

Le feu est bon. Ses flammes peignent les visages de rouge et libèrent dans la nuit de petites étoiles qui montent vers le ciel et meurent lentement. J'ai mangé beaucoup de viande ce soir, mon ventre est lourd. Le long trajet d'aujourd'hui m'avait donné faim. Il n'y a que de la viande à manger depuis plusieurs jours, l'orignal que nous avons tué au bord de la Pithiganitekw. Mon père me dit que bientôt, nous allons nous arrêter près d'une autre rivière, où nous passerons l'été. Là, il me montrera comment faire pousser les trois sœurs. Le maïs, qui s'élève en premier, offrant une tige aux haricots qui poussent ensuite. Et puis la courge, qui sera bien dans l'ombre du feuillage des deux autres. À entendre mon père parler de ces légumes, leur goût se pose un instant sur ma langue, puis s'en va.

Mon père me parle aussi des trois déesses qui s'adressent à nous à travers le maïs, les haricots et la courge. Chaque légume qui s'allonge et mûrit est une façon pour elles de nous dire qu'elles nous regardent et nous protègent.

Je suis bien, là dans la chaleur. Pendant que le

sommeil engourdit mes pensées, je me dis que je resterais ici jusqu'à la saison des semences. Mais il faudra repartir demain, je le sais. Marcher, marcher, encore marcher par les sentiers.

Douze

— Thomas ? Veux-tu bien me dire par où t'es passé ?

Laure est à la maison depuis un bon moment quand je rentre, couvert de boue.

— Je dois faire peur, excuse-moi. C'est idiot, plutôt que d'aller directement à l'épicerie, j'ai voulu jeter un œil à un endroit où j'allais faire du motocross, quand j'étais jeune. Tu sais, la piste de BMX, derrière l'aréna. Je me demandais si elle avait beaucoup changé avec le temps.

— Et à défaut de faire un tour en motocross, t'as fait un tour en rampant ?

— C'est pas ça… J'ai fait un tour à pied, toutes sortes de souvenirs me sont revenus. J'ai décidé de marcher un peu dans les bois autour, voir si je m'y retrouvais. Il commençait à faire sombre, je me suis pris le pied dans une racine à moitié déterrée pis je me suis étendu de tout mon long dans une flaque d'eau boueuse, dégueulasse. C'est idiot, je te dis. Là-dessus, je me suis tapé une bonne crise d'asthme. J'ai eu du mal à me relever.

— Idiot, c'est le mot. T'es blanc comme un fantôme, là. Enlève tout ça, viens t'asseoir près du feu. Je vais t'enrouler dans une couverture.

J'avais décidé de ne rien lui dire. Je n'avais jamais rien dit à Laure du ventre-de-bœuf, même autrefois, et je n'allais certainement pas lui raconter tout ça depuis le début, ce soir, fébrile et exténué. Au mieux elle s'inquiéterait de ma santé mentale, au pire ça lui donnerait la frousse, à elle qui irradie le bonheur depuis que nous avons jeté l'ancre ici. Plus tard, peut-être.

— Du coup, t'as pas fait d'épicerie ?

— Eh non… Tu méritais mieux que moi, je te l'ai toujours dit.

— Thomas…

Elle dit ça tout bas, en se glissant derrière moi dans le fauteuil. Ses bras me calment, ses lèvres dans mon cou achèvent de rétablir ma circulation sanguine. Au bout d'un long silence, elle passe une main sous la couverture, animée d'intentions auxquelles je ne réponds qu'à demi.

Elle devra m'entraîner sous une douche brûlante pour finalement obtenir ce qu'elle veut de moi.

— Fais-moi un enfant, lâchera-t-elle entre deux cris étouffés par le jet d'eau fumant.

Je stopperai le mouvement, reprendrai mon souffle. Je ne répondrai pas, sinon des hanches, sans pourtant dissiper les brumes au fond de moi.

Treize

Octobre 2005

Malgré un emménagement parfois tendu, nous avons coulé de beaux jours d'été, rythmés par nos randonnées dans les bois, par les sorties en canot, et surtout par ce qui est rapidement devenu une habitude matinale : l'aller-retour à la nage de notre quai jusqu'à la petite île au centre du lac. Quatre cents mètres environ, en tout. Quatre cents mètres de total abandon.

Et puis je me suis assez vite mis au travail. Ce bureau installé à l'étage me plaît. Je n'y ai pas encore écrit grand-chose de consistant, mais je m'y sens bien. Mon regard s'échappe souvent par les carreaux, où l'automne colore chaque jour un peu plus ce paysage déjà familier.

J'ai étalé sur ma table de travail et sur une petite table adjacente plusieurs bouts de textes, simples idées griffonnées ou débuts de scénarios.

L'un d'eux est une sorte de prolongement de ma série précédente, *Objets perdus*, qui reprend certains de ses personnages et les situe quelques années plus tard. Ceux-ci vivent toujours à Montréal, sauf deux : l'une s'est installée en banlieue, elle qui avait pourtant juré de ne jamais s'éloigner du Mile-End, et l'autre a carrément quitté la ville pour la campagne. Celui-là, il était déjà une forme d'alter ego dans *Objets perdus*. Je lui ai simplement fait suivre une trajectoire semblable à la mienne.

J'ai écrit l'équivalent d'un épisode et demi, quelque chose comme ça, conscient que la maison qui a produit ma série espère pouvoir confirmer sous peu au diffuseur qu'une suite est en chantier. Mais l'écriture ne progresse pas beaucoup. Chaque nouvelle page est un accouchement difficile et je me lève souvent pour faire les cent pas autour du clavier. Je n'ai pas mis les pieds à Montréal depuis deux mois, il faut dire, et je n'ai aucune envie de le faire, même si ce ne serait pas bien compliqué d'aller y passer une semaine pour prendre le pouls et insuffler à mes dialogues ce rythme urbain et incisif qui a fait le succès d'*Objets perdus*.

Le problème n'est pas là. Je n'arrive pas à retrouver l'aisance dans laquelle j'ai écrit cette série, la conviction de devoir en écrire la suite.

Quelque chose s'est brisé, le type d'imbroglios et de retournements de situation qui m'apparaissaient chaque fois comme des trouvailles et qui ont ému des centaines de milliers de téléspectateurs me laissent maintenant désenchanté, un peu comme l'horloger qui aurait monté et démonté trop de fois la même mécanique.

Je me sens dans un cul-de-sac avec ce projet, ce dont je m'ouvre peu à Laure parce que cette production nous assurerait un relatif confort pour les prochaines années. Elle ne m'en voudrait pas comme tel que je remette la démarche en question, mais je refuse de l'inquiéter avec ça pour l'instant.

Je n'en suis pas moins heureux dans ce bureau, où je me laisse gagner par des fièvres d'écriture différentes, des mots d'une autre nature. Autour de moi s'empilent quelques poèmes, des débuts de contes pour enfants, des récits dans une tonalité très libre, dont je n'ai aucune idée de la tournure qu'ils vont prendre.

Mes temps de travail sont entrecoupés de rangement et de l'inévitable bricolage qu'implique l'arrivée dans une maison presque centenaire, mais aussi de longues sorties à vélo. Je ne me lasse pas de parcourir les rangs de la municipalité, de reconnaître les maisons de mes amis d'autrefois.

De deviner dans les boisés les anciens sentiers où je m'engouffrais à motocross.

Il n'y a que deux endroits que j'évite autant que possible : ma maison d'enfance, rénovée avec autant d'ambition que de mauvais goût et dont la vue me crève le cœur, et les environs du ventre-de-bœuf, où je ne suis pas retourné depuis cette soirée de délire dont le souvenir vient souvent me hanter, jusque tard dans la nuit.

Quatorze

— Oh, c'est plus un dépanneur, ici…
— Gros sens de la déduction, mon homme !
La grosse dame qui m'a ouvert la porte me nargue un peu, mais avec un grand sourire.
— Ça doit faire une quinzaine d'années au moins que c'est plus un dépanneur. Quand Cyriac a mis en vente, on a acheté la maison, mais on n'a jamais eu l'intention de vendre des chips pis de la liqueur…
— Je peux comprendre. Excusez-moi de vous avoir dérangée, madame. Je venais acheter mes bonbons ici quand j'étais petit et depuis que je suis revenu vivre dans le coin, il y a quelques mois, je me demande ce qu'il est arrivé du vieux Cyriac.
— Le vieux Cyriac est de plus en plus vieux, comme tu peux t'imaginer, mais il a pas encore cassé sa pipe. Il la fume toujours, la pipe, d'ailleurs. Tu vas peut-être bien le trouver sur son balcon en train de la bourrer, à cette heure-ci. Il

passe le plus clair de son temps là jusqu'aux premières neiges. Il habite le petit centre pour personnes âgées juste à côté du bureau de poste, au village.

— Je vous remercie, madame. Je vais peut-être bien aller lui dire bonjour.

Je n'avais pas pu résister, en passant à côté de la grosse maison de style vaguement victorien qui abritait autrefois le dépanneur Chez Cyriac, à l'envie d'aller cogner à la porte. Les murs en lattes de bois étaient toujours du même bleu-vert qu'avant, les environs immédiats étaient toujours jonchés de pièces d'autos et d'antiques machines à labourer les champs, à tel point qu'enseigne ou pas, je n'aurais pas été surpris d'entendre sonner la clochette annonçant l'arrivée d'un client ni d'apercevoir le petit comptoir avec, à sa droite, un grand pot de jujubes en forme de framboises rouge « nucléaire », comme disait ma mère.

En me dirigeant vers le village, étrangement décidé à serrer la pince de Cyriac, je me dis qu'au fond, les souvenirs d'enfance demeurent à jamais à la lisière de la conscience, bien plus près que les souvenirs amassés depuis, libérant au moindre déclic toute leur charge de sons, d'odeurs et de couleurs, des orangés d'automne au rouge nucléaire.

* * *

L'information était bonne. Je trouve en effet le vieil homme sur son balcon, la pipe au bec, à observer mollement les alentours du bureau de poste. Il habite le premier étage de son immeuble et je l'ai reconnu tout de suite, malgré le passage des années sur un visage déjà passablement raviné, dans mes souvenirs. Lui ne me replace pas aussi vite, ce qui n'a rien d'étonnant : on change nettement plus entre douze et trente-deux ans qu'entre soixante et quatre-vingts.

— Oui, oui, le petit Fontaine, finit-il par dire entre deux lourdes volutes, dardant sur moi des yeux minces et rieurs, que je reconnais.

Il prend presque aussitôt un air grave.

— J'ai su pour tes parents… J'ai eu ben de la peine, comme tout le monde au village. Ça doit ben faire cinq, six…

— Huit ans, maintenant.

— Mon Dieu que le temps passe vite. Toutes mes condoléances, mon garçon. Ça a pas dû être facile.

— Merci, monsieur Cyriac. Je vous avoue que ça laisse un grand vide. J'ai mis longtemps à retomber sur mes pieds.

Il m'invite à m'asseoir et, tout en se bourrant

une prochaine pipée, m'écoute raconter notre décision de revenir vivre par ici, puis donner mes impressions sur tout ce qui a changé, ou pas.

— T'avais pas un frère plus jeune, toi ? Un petit rouquin, non ?

— Oui, Sébastien. Je le vois assez rarement, pour être honnête. Il est parti vivre à Edmonton, imaginez-vous.

— Edmonton ? Ouais, c'est pas la porte à côté.

— Comme vous le dites. Quand il a entendu parler des sables bitumineux et du Klondike que c'était en train de devenir pour le pays, Sébastien a tout à coup trouvé ça important d'apprendre l'anglais. Un mois plus tard, il faisait ses valises. Je dois dire que ça m'a étonné de le voir aussi déterminé à aller au bout d'un projet… Disons que c'est pas à ça qu'il nous avait habitués.

— Ah, ça arrive… Il y a des gars qui se réveillent un matin, pis qui comprennent qu'il faut bien faire quelque chose de sa vie. T'es fin de passer me voir, en tout cas. Qu'est-ce qui t'amène par ici, Thomas ?

Je reste longtemps sur le balcon de Cyriac. Une étonnante connivence s'installe entre nous, j'ai soudain beaucoup d'affection pour ce vieillard tranquille. Il a toujours cet étrange accent, dont les intonations d'Europe de l'Est subsistent, bien que très émoussées par le parler d'ici. Il me raconte d'ailleurs sa Bulgarie natale, ce qu'il n'avait jamais fait encore. Pas étonnant, au fond. Pourquoi aurait-il raconté aux enfants que nous étions son départ précipité du pays après des années de dissidence musclée sous le régime de Todor Jivkov ?

De souvenir en souvenir, nous en arrivons à parler de Camil Béchard, ce fou cordial qui écumait Saint-Denis à cœur de jour, entretenant les uns et les autres, dans son babil à lui, des caprices de la météo ou de la nouvelle voiture d'Untel. Quand je m'enquiers de ce qu'il est devenu, Cyriac affiche un air triste, dans lequel perce néanmoins quelque chose d'amusé.

— Tu te souviens des longues marches qu'il faisait le long de la grande route ? Eh ben un matin, on l'a retrouvé mort dans le fossé, sur la 249. Pas bien loin de chez tes parents, d'ailleurs. Il doit y avoir six ou sept ans de ça. Il était tombé là. Un malaise, sans doute. Ça a fait toute une histoire parce qu'on l'a cherché pendant quatre ou cinq jours. Il y avait la police partout, on a organisé des battues. Finalement il était juste là, devant chez les Roberge, raide mort au milieu des quenouilles.

— Quelle affaire ! J'étais pas au courant. Faut dire que depuis la mort de mes parents, on n'avait plus tellement de contacts avec Saint-Denis. Ma conjointe aussi est d'ici, vous la replaceriez sans doute, mais sa famille a quitté le village il y a longtemps.

Puis, après un temps :

— Ça a dû vous rappeler une autre histoire…

Cyriac voit tout de suite à quoi je fais allusion.

— Comme tu dis, mon Thomas. Sauf que le premier disparu, on l'a jamais retrouvé.

— Je sais, je sais.

— Camil en parlait toujours, d'ailleurs, du petit Robert.

— Ah oui ?

— Ah oui… Il s'arrêtait souvent au dépanneur, je sais pas si tu te souviens. Il s'achetait un paquet de gommes pis il traînait au comptoir, à jaser. Dans les mois qui ont suivi la disparition de Yannick Robert, il revenait tout le temps là-dessus. Tellement que je lui ai demandé un jour s'il savait quelque chose que les autres savaient pas.

— Et puis ?

Cyriac serre les lèvres, son regard bleu se perd au loin. J'ai l'impression d'entendre les vieilles portes de la mémoire grincer au creux de sa tête.

— En fait, il me parlait du bois, des sentiers, de la nuit qui tombe encore vite, au printemps. Rien de bien spécial, étant donné que Yannick s'est probablement perdu en forêt, selon ce qu'on pensait à ce moment-là, en tout cas.

— Est-ce qu'il parlait d'un sentier en particulier?

— Mmh… Un sentier isolé, il me semble. Oui, ça me revient. Yannick, perdu, la boue, le sentier, dit Cyriac en faisant des cercles dans le vide, avec sa pipe.

— La boue?

— Quelque chose comme ça, oui. Rien qui aurait pu aider beaucoup les recherches, comme je te dis, étant donné que tous les boisés des environs avaient été ratissés trois ou quatre fois par des centaines de personnes pis des chiens dressés pour retrouver le monde. Mais il devenait tout excité en parlant de ça. Ça l'avait touché beaucoup notre Camil, la disparition de Yannick.

Cyriac lève les yeux sur moi. Il doit se demander pourquoi je fais une mine aussi sombre.

— Bon, ça va faire, parler des morts! On l'est pas encore, morts, nous autres… Je dois avoir deux petites bières au frais, Thomas. En prendrais-tu une?

Quinze

J'ai dormi longtemps. Quand je descends les escaliers, Laure est déjà debout, affairée à visser une applique murale dans le salon. Tout est calme. Un mince tapis blanc s'étale autour de la maison, inondée de lumière ce matin.

— C'est beau dehors, hein? me lance-t-elle en guise de bonjour.

Je réponds en hochant la tête. Je me suis arrêté au milieu des marches, soucieux de ne pas troubler le tableau que composent cette femme que j'ai décidément dans la peau et l'avant-goût d'hiver alentour.

— C'est tôt pour un premier frimas.

Elle ne relève pas, toujours concentrée sur l'applique.

— Je vais bientôt avoir le goût d'inviter des amis, si ça continue. Il commence à être mignon, notre petit nid…

Je prends un air faussement contrarié.

— Mmh. Si la vieille fournaise veut bien pas nous lâcher d'ici le printemps, que le toit s'écroule pas sous la première neige et que les tuyaux de cette auguste demeure rendent pas l'âme tous en même temps, par un matin de février, assez accueillant, je te l'accorde.

Elle me réplique d'une grimace indéfinissable, pose son tournevis et s'approche de moi avec un regard que je connais bien. Elle me rejoint au milieu de l'escalier, défait ma robe de chambre d'un geste à la fois doux et autoritaire. Ses doigts libèrent des fleuves d'électricité sous ma peau. Laure me fait asseoir et se retourne, elle est nue sous un t-shirt qui lui descend à mi-cuisse. Nous faisons l'amour dans les marches, dont le bois craque fort et, tout en prenant conscience du sérieux du projet de Laure, je hurle au fond de moi-même que c'est chez moi ici, que j'y jette l'ancre pour de bon.

* * *

Une heure plus tard, je me retrouve seul à La Chalande. Laure a une entrevue au collège Mont Notre-Dame, à Sherbrooke, un établissement pour filles qu'elle connaît bien pour y avoir étudié elle-même et qui a affiché récemment un poste de bibliothécaire. Ce serait le boulot idéal pour elle.

Je me concentre pour ma part sur notre bibliothèque à nous. Les grandes tablettes installées récemment sont prêtes à accueillir les centaines de livres qui dorment dans des boîtes, au milieu du salon. Laure, déformation professionnelle, va très certainement repasser derrière, mais j'élabore un classement provisoire. En tombant sur une version de poche de *Terra Nostra*, de Carlos Fuentes, je me souviens en avoir lu un bout, il y a quelques années. Je retrouve d'ailleurs mon signet d'alors, un billet du spectacle de Radiohead au Spectrum de Montréal, en décembre 1995, glissé à la page 48.

Je m'allonge au sol, sur le dos, comme j'aime le faire quand je suis seul, et reprends ma lecture de ce roman fascinant où la chronologie de l'histoire est abolie au profit d'un temps absolu, où l'Occident de l'an 2000 se juxtapose à des siècles lointains. Où les colères et les amours du Moyen Âge résonnent jusque dans le monde actuel.

— Je vois qu'on travaille fort, par ici.

Je me relève d'un bond.

— Je t'ai pas entendue arriver, tu m'as fait peur...

Laure me fixe depuis l'entrée du salon, le

regard froid. Je connais ce regard, ce ciel chargé d'avant l'orage, que j'ai déjà fréquenté quelques fois depuis nous deux et que je me promets chaque fois de ne jamais revoir.

— Je me suis arrêtée au village pour acheter du café, en rentrant, et j'ai croisé Judith Simard. Tu te souviens d'elle ? Elle a jamais quitté Saint-Denis, elle habite sur le chemin du Moulin.

— Ah oui, Judith aux cheveux rouges… C'est loin, mais je me souviens.

— Elle a plus les cheveux rouges, imagine-toi. On a parlé de son garçon de neuf ans, Paulo, un petit monstre d'énergie. Elle me dit : « Il aime tellement son nouveau vélo qu'il dormirait avec, si son lit était assez grand. »

Je souris avec elle, perplexe.

— Évidemment, je pense à ta bien-aimée piste de BMX. Je dis à Judith : « Paulo doit passer un temps fou là-bas, c'est l'endroit idéal pour un mordu comme lui… »

Laure suspend son récit, ses yeux agrippés aux miens. En une fraction de seconde, je devine tout ce qui va suivre. Les excuses nécessaires, les silences, lourds, les explications, sans esquive possible.

Elle poursuit enfin.

— Judith m'a regardée avec un drôle d'air,

puis m'a expliqué que la piste a été condamnée il y a une bonne dizaine d'années. Trop d'accidents, trop peu de surveillance. La Municipalité a fait raser le circuit.

— …

— …

— Je savais pas.

Je ne trouve rien d'autre à dire. Je ne mens pas, je n'étais pas au courant de la fermeture de cette piste. Mais du coup mon histoire d'il y a quelques jours ne tient plus. Je pourrais la moduler, prétendre que j'ai confondu un terrain accidenté avec les bosses qui propulsaient autrefois nos motocross, mais avec Laure ce serait peine perdue : quand elle a flairé un mensonge, mieux vaut abattre son jeu avant qu'elle n'en débusque un à un les artifices.

— Viens t'asseoir, OK? Je vais t'expliquer.

Une demi-heure plus tard, après avoir accueilli d'un visage fermé mon long récit, Laure se relève tranquillement, se tourne vers les rayons, au mur, et me dit d'une voix blanche :

— T'aurais pu me laisser le classement, non? Je suis redevenue une pro en la matière, après tout…

Je mets trois secondes à comprendre.

— T'as eu la job, Laure?

Elle monte déjà, d'un pas lourd, les escaliers qui ce matin encadraient un tout autre tableau.

— J'ai eu la job.

Un « bravo, mon amour » me monte aux lèvres, que je décide de garder pour plus tard.

* * *

Laure s'est enfermée dans la chambre, moi dans mon bureau. J'ai longtemps regardé le lac, ses eaux noires que l'hiver engourdira bientôt, avant de m'asseoir et de tenter, une fois encore, d'avancer le scénario de ce téléroman qui pour l'instant porte le titre de *Poste restante*. Je travaille une scène où deux anciens grands amis, qui ne se parlent plus depuis une querelle ayant pour objet une Delphine adorable qui finalement a échappé à l'un comme à l'autre, se croisent par hasard au comptoir d'un bar et tentent de reprendre le contact, chacun sur ses gardes.

Mon esprit s'attarde là, tant bien que mal, dans un endroit branché à cent cinquante kilomètres d'ici. J'arrive presque à dissiper les images qui depuis des semaines me hantent. J'avance, la logique du dialogue s'enclenche et les mots courent sur l'écran, noirs sur blanc. Mais je n'y crois pas. Au fond, je me fous de ces retrouvailles forcées.

Je fixe les points de suspension jetés au bas de la page, faute d'une chute digne de ce nom, quand j'entends la porte du bureau s'ouvrir. Je ne me retourne pas.

— Je suis fâchée, Thomas. J'espère que tu me caches pas trop d'histoires du genre. Mais surtout, je m'inquiète pour toi. T'as pas envie de mettre ton imagination au service de ta prochaine série ?

— Laure, je suis désolé. J'aurais dû t'en parler plus tôt. Je ne voulais pas t'effrayer, je sais que c'est du délire. Dis-moi que c'est du délire.

Elle passe ses bras autour de moi, sans desserrer les lèvres.

Les jours suivants ont quelque chose de suspendu. Rien ne bouge, sinon les feuilles qui tombent et s'accumulent en un tapis odorant, pendant que la lumière morne d'avant les neiges dépose partout le voile du regret. Nous poursuivons l'œuvre de la saison en repeignant plusieurs pièces de la maison dans des couleurs claires mais brisées. Blanc crème, beige très pâle.

Nous n'avons reparlé du ventre-de-bœuf qu'une fois, quand Laure est venue me demander si j'avais bel et bien retrouvé la vieille botte de mon ami Steve, dans la boue.

— Je te jure. J'y croyais pas sur le coup, mais c'est sa botte, aucun doute. Viens voir…

Je l'avais entraînée vers le garage.

— C'est dingue, ça, avait-elle dit à mi-voix quand j'avais sorti de sous l'établi l'objet de caoutchouc mangé par les ans et l'humidité.

Puis elle avait eu ce haussement d'épaules indéchiffrable, avant de s'emparer de l'immonde objet et de le balancer dans une grande poubelle, au fond du garage.

— Dingue et dégoûtant…

Un chaos sur la neige.

Le soleil pique les yeux, le ciel est bleu et propre depuis le matin, depuis les bords de l'Alsigôntekw, d'où nous sommes partis à l'aube. Le silence est revenu sur la forêt, mais les cœurs cognent comme des tam-tams dans nos poitrines. Un chaos rose et rouge sur le sol poudreux.

L'animal était là, dans l'ombre de la grosse pierre. Il aurait dû dormir déjà, de son sommeil d'hiver. Nous nous sommes retournés quand un tonnerre est monté de sa gorge. L'animal dressé à quelques pas, une blessure au flanc, l'écume aux lèvres. La main qui me tire en arrière, les hommes restés devant. Les doigts sur nos bouches, le groupe qui recule, courbé. Puis le tonnerre sans répit, les cris des hommes, la lutte interminable pendant qu'on nous traîne dans le blanc strié de branches.

Les cris.

Les cris.

Les grognements, les râles et le rouge.

Un chaos dans mon ventre, une éternité plus

tard, devant la bête couchée, tonnerre éteint, ses griffes encore enfoncées dans le visage de mon père.

Deux nuits vont passer avant que le groupe se remette à marcher, les cris épuisés, les yeux vidés de leur eau. Les morts allongés sous les pierres. La peau de l'animal attachée au traîneau, tête comprise. Mon cœur qui saigne en cascades tandis que des mains me poussent et me tirent par les sentiers.
Marche, Wabaniskweda.
Marche.

Seize

Décembre 2005

Voilà près de huit mois que nous sommes arrivés ici. Ne reste plus qu'une dizaine de boîtes empilées dans la petite pièce du fond, que Laure appelle déjà la chambre du bébé. La maison gémit toujours sous nos pas et la liste de ce qu'il y a à retaper s'allonge sans cesse, mais nous avons aménagé l'espace, fait faire quelques travaux. Nous sommes plus que jamais sous le charme de La Chalande, qui n'en est pas moins une pompe à dollars.

Et puis nous avons pris un rythme. Laure aime son travail, elle s'y investit beaucoup, comme en tout. Elle a déjà convaincu la direction du collège d'organiser un concours littéraire, elle échafaude même un projet de festival. Pour moi, chaque journée est une longue grève sur laquelle je marche en espérant que les vagues recracheront à mes pieds quelque chose qui brille.

Je tâtonne mon scénario, mais Philippe, mon alter ego, m'entraîne continuellement vers des zones qui ne faisaient pas partie du projet initial. Un incident dans le secret de son passé, une interrogation que les années ne parviennent pas à épuiser. Le texte bifurque, ce n'est plus un scénario. Quelque chose d'autre court sous le papier.

Je n'ai jamais si peu travaillé, mais je n'arrive pas à m'en inquiéter. Je passe une partie de mon temps à rassurer ceux qui attendent de moi des trouvailles, des éclairs de génie monnayables. Je bluffe un peu, auprès de mon producteur, auprès de Laure. Je me raconte sans doute des histoires à moi-même, en me disant que j'ai encore de côté de quoi vivre un moment, tout en sachant très bien que ce moment s'amenuise.

J'entends souvent la voix de mon père, celle qu'il prenait quand j'avais dix-huit ans et disais vouloir gagner ma vie de ma plume. Une voix affectueuse mais ferme, celle d'un professeur de littérature qui mesure bien l'aspect utopique d'un tel projet et aurait sans doute préféré que je m'intéresse davantage, à tout le moins en matière de perspectives professionnelles, à autre chose qu'à ce qui pourtant était au centre de sa vie à lui. « Écris autant que tu le veux, mon garçon, c'est pas moi qui vais t'en empêcher, mais compte pas trop là-dessus pour payer les factures. »

Je réalise que je connais mal son intérêt à lui pour l'écriture : avait-il rêvé, plus jeune, de devenir écrivain ? Il avait publié quelques poèmes et nouvelles dans des revues durant ses études, ça je le sais, mais avait-il porté lui aussi l'une de ces ambitions d'écrire que le réel et les obligations abîment peu à peu, à force d'échos tièdes et de prises de conscience ponctuelles des limites de son registre ? Je me demande encore : parlerait-il de succès devant ce que j'ai accompli, moi, ces quelques centaines de pages de scénario qui auront résonné le temps de trois ou quatre saisons télé, guère plus ?

Mon père, que j'aurai eu tout de même jusqu'à la mi-vingtaine, demeure pour moi un homme mystérieux, à la fois idéaliste et un peu vieux jeu, dont la passion ne filtrait que par bribes à travers un tempérament affable, dont le calme, j'en suis aujourd'hui plus sûr que jamais, était celui d'un volcan qui sommeille.

Ce bureau envahi par les cahiers noircis, les sketchs épinglés à un babillard : et si son bureau avait déjà ressemblé à ça, lui aussi ?

* * *

Je pense encore souvent au ventre-de-bœuf, endormi sous la neige, mais je n'y suis pas retourné depuis l'automne. Le stylo prend parfois le relais : j'y fais référence çà et là dans mes calepins.

« Bouche ouverte sur un enfer spongieux où tout est lenteur et douleur patiente. »

« Promenons-nous dans les bois, pendant que dorment leurs voix. »

C'est Laure elle-même qui ravive le sujet, un soir durant le souper.

— Tiens, toi qui aimes imaginer des choses étranges au cœur de la forêt, tu sais sur quoi je suis tombée aujourd'hui ?

— Si c'est pour te payer ma tête, on peut passer tout de suite à un autre sujet.

— Non, non, écoute… As-tu déjà entendu parler du mystère des pierres du séminaire ?

J'ouvre grand les yeux, lève les mains en l'air et m'avance vers elle.

— Booooouuuuh !

— Arrête, je suis sérieuse. En classant des documents à la bibliothèque, je me suis mise à feuilleter une plaquette qui raconte une histoire assez incroyable…

Laure se lève, se dirige vers son porte-documents et en tire la plaquette en question. Avant même de s'être rassise, elle commence son histoire, jetant de temps à autre un œil au texte.

— En 1904, alors que commençaient les travaux de construction de l'église de Bromptonville, on a découvert deux pierres qui comportent des signes gravés, une sorte d'écriture ancienne. Les pierres ont été envoyées au séminaire Saint-Charles-Borromée, à Sherbrooke, sans que personne arrive à comprendre de quel type d'écriture il s'agissait. Beaucoup plus tard, en 1966, on a fait appel à des spécialistes, qui ont finalement renoncé à décoder les signes. En 1975, un professeur de Harvard, rien que ça, s'est à son tour intéressé à la question, et lui en est arrivé à la conclusion qu'on était devant des inscriptions dans un ancien alphabet… libyen!

— Libyen? Veux-tu me dire ce que ça faisait dans la terre à Bromptonville?

— Attends, c'est pas fini. Le prof de Harvard a précisé son analyse et a rapproché cet alphabet d'un antique dialecte égyptien. Onde de choc, les journaux se sont jetés là-dessus. Dans les mois qui ont suivi, vingt mille personnes se sont rendues au petit musée du séminaire pour voir les pierres de près… Un truc de fou.

— Attends, je me pince… Et pourquoi on

n'est pas au courant de cette histoire-là ? On a grandi dans le coin, après tout.

— Tu t'en doutes, la fin est moins spectaculaire. En 1977, le ministère des Affaires culturelles et l'Université de Sherbrooke ont décidé de clarifier ça une fois pour toutes, et après des dizaines d'examens et de consultations auprès d'experts, on a tiré la conclusion que les signes étaient apparus dans la pierre de façon strictement naturelle, à la suite de frictions géologiques. Quand même étonnant, parce qu'ils sont très clairs, ces signes. On dirait vraiment des inscriptions faites à la main, bien alignées. Pas la peine de te dire que les gens sont restés sur leur faim. Pour plusieurs, c'était la preuve que les Européens s'étaient avancés loin dans les terres, bien avant la découverte officielle de l'Amérique. Sans compter ceux qui y voyaient l'œuvre d'extraterrestres… Tout le monde aurait préféré une explication plus excitante, en tout cas !

Je lui souris en silence. Elle a piqué ma curiosité et n'en est pas peu fière. Je prends une voix grave :

— L'Estrie, une région chargée d'histoire et de mystères…

— T'es mal placé pour te moquer, Thomas Fontaine !

Dix-sept

Janvier 2006

« Après la défaite des troupes françaises sur les plaines d'Abraham, en septembre 1759, le général anglais Jeffery Amherst ordonne au major Robert Rogers, venu prendre part à la bataille et sur le point de rentrer avec ses rangers chez lui au Connecticut, de tuer en chemin tous les Amérindiens qu'il rencontre. Pas une mince affaire, la région étant un corridor de passage important, depuis des siècles, pour les semi-nomades que sont les Abénaquis. En effet, ceux-ci s'établissaient plus au nord l'été, puis redescendaient, l'automne venu, parfois jusque dans l'actuelle région de Boston. »

Penché sur un manuel d'histoire, je raconte à Laure ce massacre aveugle, dont les motivations restent obscures. Depuis les Fêtes, que nous avons choisi de passer seuls tous les deux, c'est devenu un jeu entre nous. Et, même si nous ne le présentons jamais comme ça, une façon d'occuper nos imaginaires et d'éviter qu'ils ne se peuplent d'autre chose. Il en va ainsi : Laure et moi cherchons chacun de notre côté des récits méconnus sur la région et son histoire et les partageons le soir en mangeant. Évidemment, c'est à celui qui aura fait la plus belle trouvaille.

« Rogers met entre autres à feu et à sang le campement d'Odanak, situé sur la rivière Saint-François, près de l'embouchure du lac Saint-Pierre. Une "victoire" qui se transforme vite en calvaire pour lui quand Joseph-Louis Gill, un Français vivant parmi les Abénaquis, absent du village durant l'attaque, apprend que sa femme Susanna et ses deux fils, Antoine et Xavier, ont été enlevés par les assaillants.

Les rangers, Gill le sait, vont passer par les Grandes-Fourches, cet endroit – aujourd'hui en plein cœur de Sherbrooke – où les rivières Saint-François et Magog se croisent. Habitué du territoire et de ses caprices, Gill atteint les Grandes-Fourches avant les rangers. Quand Rogers arrive sur les lieux, il mesure le péril et décide de scinder son régiment.

S'ensuit une véritable chasse à l'Anglais dans les forêts qui bordent la Saint-François. Pendant plusieurs jours et plusieurs nuits, Gill et ses hommes poursuivent les rangers de plus en plus désespérés, qui n'ont le temps ni de dormir ni de se ravitailler. Ils périront presque tous, d'épuisement ou la gorge tranchée par les Abénaquis, seuls Rogers et quelques autres parvenant à leur échapper.

Susanna et Xavier Gill mourront durant leur captivité, mais Antoine échappera à ses ravisseurs et sera aidé par une femme de Charlestown, dans le Rhode Island. Quelques mois plus tard, il rentrera à Odanak. »

— Un périple assez trépidant, dis-je en refermant le manuel, pour que Hollywood s'y intéresse. En 1940, un film sur le sujet est sorti aux États-Unis, sous le titre *Le Grand Passage*. Avec Spencer Tracy dans le rôle principal et en technicolor, s'il vous plaît !

— Pas mal, pas mal du tout…

C'est ainsi que Laure accueille mon histoire, avant de se lever pour aller remuer les bûches. Quand elle se dirige une fois encore vers son porte-documents, posé sur la table d'entrée, je sais qu'elle ne va pas en rester là.

— Et l'histoire de l'enfant-serpent, tu la connais ?

— Pas une autre histoire qui défie les lois de la physique ?

— C'est celles-là que tu préfères, non ?

Laure tire la langue et, en s'assoyant sur le divan, me présente un petit livre marron à la couverture usée, sur laquelle je devine un wigwam dessiné à gros traits.

— Bon, c'est une histoire très ancienne, qui se déroule dans un campement au bord de la rivière Saint-Germain. Il y a là un couple qui essaie depuis des années d'avoir un enfant, mais rien à faire, le ventre de la femme ne s'arrondit pas.

Cette introduction faite, Laure fait courir un doigt sur la page et enchaîne dans le texte :

« Un jour, alors qu'elle voit apparaître ses premiers cheveux gris et désespère de donner naissance, elle décide d'aller voir une guérisseuse qui vit à l'écart dans la forêt, une vieille femme que plusieurs considèrent comme étant à moitié folle. Quand celle-ci sort la tête de sa hutte de branchages et d'écorces, la visiteuse est prise d'une violente envie de rebrousser chemin. Il y a cette odeur de moisissure et de ranci qui émane du repaire de la guérisseuse, dont l'accoutrement boueux et les joues décharnées font peur. Mais elle se dit qu'elle n'a rien à perdre et confie son désespoir.

La guérisseuse fronce les sourcils, puis invite la femme infertile à s'asseoir sur une souche, non loin de la cabane. Elle disparaît ensuite un long moment, avant de ressortir de la hutte en tendant à la désespérée une boisson qui sent fort les herbes et la résine de conifère. Celle-ci grimace un peu, mais accepte de boire la mixture. Elle rentre peu après chez elle, nauséeuse, en se gardant bien de raconter sa démarche à son mari. »

— C'est fou tout ce que vous faites dans notre dos.

— Chut, laisse-moi finir…

« Durant les jours qui suivent, le mari la trouve bien chaleureuse, comme si elle avait retrouvé foi dans leurs jeux amoureux, mais il met ça sur le compte du printemps qui arrive. Quand il aperçoit, quelques semaines plus tard, un magnifique porte-bébé en peau de castor suspendu à l'entrée de la hutte, son cœur bondit dans sa poitrine. Il prend sa femme dans ses bras et la fait tourbillonner en l'embrassant mille fois. »

— Touchant. Mais je sens venir le moment où la belle histoire devient moins belle.

— Écoute…

« Tout va bien pendant quelques lunes, donc, mais un matin, alors que le ventre de la femme est déjà rond, la guérisseuse se présente devant chez elle. La future maman met la main devant sa bouche en voyant la femme, encore plus repoussante que dans son souvenir. Elle secoue la tête en lui faisant signe de repartir par où elle est venue – elle ne veut surtout pas que son mari la voie en compagnie de cet être dégageant des effluves fétides. La guérisseuse finit par disparaître dans les bois, mais elle rumine déjà sa vengeance. "Maintenant qu'elle n'a plus besoin de moi, elle me rejette… Le prochain jour va se confondre avec la nuit", menace-t-elle en s'éloignant. »

— Elle se magasine des problèmes, ta bonne femme.

— Attends la suite…

« Ce soir-là, la guérisseuse en colère fait une danse étrange autour du feu, en lançant plusieurs fois des herbes dans les flammes. Dès le lendemain, la femme enceinte a de violents maux de ventre. Son mari n'est pas là, il chasse loin en forêt et ne va rentrer qu'au crépuscule. Elle se tord de douleur sur le sol de son tipi, pendant des heures et des heures, et au moment où ses entrailles libèrent enfin leur fruit, ce n'est pas un enfant qu'elle distingue à travers le brouillard de l'épuisement, mais bien un long serpent rouge de son propre sang, qui se retourne aussitôt vers elle, gueule ouverte. Quand son mari arrive enfin, il met un temps fou à reconnaître sa femme dans le corps éviscéré qui gît devant lui, puis il remarque la traînée brune qui va se perdre dans la forêt avant de sombrer dans un délire dont il ne sortira jamais. »

À mon regard, Laure voit bien qu'elle a fait mouche. Je lui sers des applaudissements troublés, inquiet mais fasciné d'entendre une histoire pareille sortir d'une bouche aussi douce, d'ordinaire peu portée sur l'horrible.

*   *   *

Je suis à nourrir le feu quand le téléphone sonne.

Laure sursaute. Comme chaque fois, elle maudit l'idée d'avoir conservé l'antique appareil que la propriétaire précédente a laissé en partant, un monstre à cadran dont la sonnerie fait vibrer jusqu'aux vitres. Moi je trouve qu'il a du chic, elle moins.

Après avoir décroché, je plaque une main sur le combiné et fais signe à Laure de cesser de maugréer.

— C'est elle!

Je retiens mon rire.

— Oui, ça se passe bien, madame Théberge, merci…

Pendant que Laure se ressert un verre en magasinant mentalement, je le devine, notre futur téléphone, madame Théberge s'inquiète du vieux système de chauffage de la maison – « Par grand froid, il suffit pas tout à fait, je le sais… » – et nous transmet ses vœux de bonne année.

— C'était mon premier Noël ailleurs qu'à la maison. Depuis les années cinquante, je veux dire. Ils nous ont servi un repas des Fêtes pas mauvais, il y a eu des jeux, même une danse… Des dizaines de vieux qui dansent ensemble, peux-tu t'imaginer ça, Thomas ? C'était correct, mais je me suis ennuyée de mon épinette de Noël, comme je l'appelais. Tu sais, la petite épinette à gauche en bas des marches, quand on descend de la galerie…

— Oui, je vois laquelle. Vous mettiez des décorations dedans ?

— Chaque année ! J'adorais voir les lumières multicolores éclairer la neige autour, jusqu'au lac englacé.

Je laisse la pointe de nostalgie résonner quelques secondes.

— « Englacé », je connaissais pas ce mot-là. C'est très beau.

— Je sais pas si ça se dit, mais moi, j'ai toujours dit ça.

— Savez-vous quoi, madame Théberge ? À partir de Noël prochain, il y aura toujours des lumières de Noël dans cette épinette-là.

— T'es fin, Thomas, t'es fin.

Après ce bruyant intermède, Laure et moi nous remémorons encore les récits entourant le Mena'sen, ou rocher au pin solitaire, qu'on nous avait racontés à la petite école. Nous les retrouvons par bribes, allongés par terre au coin du feu, en faisant parfois de rapides recherches sur Internet pour combler les trous.

Les peuples des Premières Nations auraient tenu, pendant des siècles, des cérémonies rituelles autour de cet îlot rocheux situé au milieu de la Saint-François, près des Grandes-Fourches, qui tire son nom du pin qui y pousse à même la roche. Sa forme de tortue géante en faisait un lieu privilégié pour les Abénaquis, la tortue symbolisant chez eux, comme chez plusieurs peuples amérindiens, l'origine du monde.

On raconte par exemple qu'un combat décisif aurait eu lieu sur le Mena'sen, à la fin du XVIIe siècle. Durant un hiver particulièrement rigoureux, les Iroquois, dont le territoire naturel se situe plus au sud, dans l'actuelle Nouvelle-Angleterre, sont contraints d'étendre leur territoire de chasse. Un groupe d'Iroquois poussent jusqu'au croisement de la Saint-François et de la Magog, où ils tombent évidemment sur des Abénaquis, qui ne voient pas d'un bon œil cette intrusion dans leurs forêts. Alors que l'affrontement est imminent, les chefs choisissent d'éviter le bain de sang. Chaque camp sélectionne son meilleur guerrier pour une lutte qui consistera en une course. Les deux rivaux devront courir autour du pin solitaire jusqu'à ce que l'un des deux tombe d'épuisement.

La course s'engage donc autour de l'îlot enserré dans les glaces. Englacé. Les deux hommes courent pendant des heures, jusqu'au bout de leurs forces, que décuplent leur sens de l'honneur et l'espoir placé en chacun par son camp respectif. C'est l'Iroquois qui finit par chuter, à demi mort, entraînant le retrait de son peuple des terres disputées.

Dix-huit

C'est à la station-service que j'apprends la nouvelle. Un petit attroupement s'est formé autour de Simon, le pompiste. Peu habitué à autant d'attention, le jeune homme, surexcité, a du mal à s'exprimer clairement. Les mots se bousculent dans sa bouche.

— Au centre... personne l'a vu depuis trois jours au centre, paraît. Au début ils ont demandé aux voisins, rien, à sa famille, rien... Quelle famille, de toute façon ? Il en avait plus trop de famille, le vieux. En tout cas, personne est venu. Personne est venu le chercher, je veux dire. Après la police... ils ont appelé la police hier, ça a l'air.

— Pis ? Personne a aucune idée de ce qui est arrivé ? demande une femme que je ne reconnais pas.

— Non. Paniquées les filles, au centre, sont paniquées...

— De quel vieux on parle, s'il vous plaît ?

Tout le monde se retourne vers moi, comme si je tombais des nues.

— Ben, Cyriac, monsieur, le vieux Cyriac.

Mon cœur s'affole. Cyriac, disparu ?

Chacun parle en même temps pendant que je cherche mon souffle, soudain agressé par le bruit spongieux que font les bottes dans la neige brunie accumulée autour des pompes.

« Encore un autre qu'on va retrouver le long du chemin, j'imagine. »

« Coudonc, y a un mauvais sort, icitte ! »

« Il était fin, Cyriac. Pendant vingt ans c'est chez lui que j'ai acheté mon lait pis mes cigarettes… »

Je recule pendant que le brouhaha s'intensifie, j'ai besoin de m'asseoir. Je m'appuie contre la Subaru, une main sur le front, la vision brouillée. Une voix féminine me fait sursauter. C'est la femme dont le visage m'est étranger.

— Vous le connaissiez bien ?

— Euh… Comme ça, un peu. Disparu…

— Ils vont sans doute le retrouver, vous savez. On en voit souvent des vieux qui perdent la carte, qui partent faire une marche et qu'on retrouve à des dizaines de kilomètres de chez eux.

— Oui, oui…

— Mais il vaudrait mieux le retracer vite, avec le temps de chien qu'on a.

— Temps de chien, oui.

Je suis déjà derrière le volant. Je démarre aussitôt, résistant très fort à l'idée de me rendre là où je m'interdis d'aller depuis quelques mois.

* * *

Je reste longtemps debout au bord du lac, les mains dans les poches de mon parka. J'essaie de mettre de l'ordre dans mes pensées. J'ai moi-même revu Cyriac il y a quelques jours, au village. Il était bien, il m'a redit combien il avait apprécié ma visite, à l'automne.

Allons-nous le retrouver dans un fossé, foudroyé par un infarctus comme ce brave Camil Béchard ? J'essaie de garder la tête froide. De résister à cette idée que notre discussion sur la lointaine disparition de Yannick Robert et les intuitions qu'avait eues Camil a ranimé quelque chose. En lui et en dehors de lui.

Quand Laure rentre du travail, deux heures plus tard, je suis assis à mon bureau, les doigts crispés sur un vieux stylo.

— Thomas, t'as entendu la nouvelle ? lance-t-elle en montant l'escalier. Thomas ?

Elle entre dans la pièce.

— T'as entendu ? Cyriac Nikolov a disparu, on parle de ça à la radio. Tu sais, Cyriac, celui qui tenait le dépanneur où on allait acheter des bonbons quand on était jeunes...

— Je sais.

— Thomas, t'es blanc comme un drap !

Selon le bulletin d'informations de 18 heures, le vieil homme n'avait laissé aucune note, aucun indice. Il n'affichait pas de signes de démence et avait paru d'excellente humeur à tous ceux qui l'avaient croisé avant sa disparition, ce qui incitait les autorités à écarter l'hypothèse d'un suicide ou d'une de ces fugues assez fréquentes chez les pensionnaires de centres pour personnes âgées.

« Une autre disparition mystérieuse à Saint-Denis-de-Brompton », n'a pu s'empêcher d'ajouter la journaliste de Radio-Canada en guise de conclusion, avant d'annoncer une tempête de neige, la première vraie bordée de cet hiver 2005-2006.

Dix-neuf

— Non.

— Il va falloir, pourtant.

— Non.

— Thomas, la prochaine étape c'est quoi ? Je t'emmène voir un médecin ?

— Non.

— Peux-tu te mettre à ma place deux minutes ? Je sais, c'est pas tellement dans tes habitudes de te mettre à la place des autres, mais fais-le, s'il te plaît, deux minutes. Comment tu réagirais, toi, si je passais des heures entières le regard au large, blanche à faire peur ? Tu me donnes froid dans le dos, Thomas. C'est pas toi cette espèce de fantôme avec les joues creuses.

— Laure, assieds-toi. Viens ici.

— Thomas, t'es formidable pour raconter des histoires, je le sais. Si tu y mets un peu de cœur, je vais finir par te croire, mais j'ai pas envie de perdre pied avec toi.

— Laure, ma raison a jamais travaillé aussi fort, je te jure.

Laure s'assied à un mètre de moi, au bout du divan. Elle a les lèvres serrées, une mine que je n'aime pas.

— Ça commence par cette histoire qui a marqué notre enfance, à nous deux comme à tous nos amis d'école. Ça me trouble peut-être encore plus que tout le monde parce que quelques jours avant j'ai eu cet incident de moto en apparence banal, mais qui, j'ai jamais su d'où me venait cette conviction, avait rien de banal. L'impression difficile à décrire qu'on avait eue, mon ami Steve et moi, en essayant de dégager ma moto, cette idée qui m'habite depuis que le ventre-de-bœuf aurait pu nous avaler en entier. Le temps qui passe, la place que ce maudit trou prend dans ma tête depuis qu'on est revenus dans le coin, la botte de Steve…

— Thomas…

— La suite, écoute-la bien, tu la connais rien qu'à moitié. Il y a quelques semaines, l'idée m'a pris d'aller cogner là où Cyriac avait son dépanneur, près du lac Montjoie. La femme qui habite là maintenant m'a dit que je le trouverais au foyer pour personnes âgées, au village. C'est ce que j'ai fait, je suis allé le voir.

— Quoi ? Il y a quelques semaines ? Mais tu m'as rien dit !

— Pourquoi, à ton avis ?

Je m'attends à un sermon sur mes cachoteries et mes dissimulations, mais Laure me renvoie plutôt un regard adouci. Elle a renoncé à une dispute.

— Continue.

— Je suis resté une bonne heure avec lui, à boire une bière et à parler du Saint-Denis d'il y a vingt ans, de mes parents, de mon frère, de l'épreuve que ça a été pour lui de devoir fermer son commerce. Il était étonnamment content de me voir, on a passé un bon moment.

— Mais…

— Il m'a raconté ce qui est arrivé à Camil Béchard, il y a six ou sept ans. On l'a retrouvé mort dans un fossé pas loin de la maison où j'ai grandi, le savais-tu ? Puis Cyriac s'est souvenu d'échanges qu'il avait eus avec Camil. Écoute ça : Camil lui avait mentionné un jour un endroit dans la forêt où il se sentait mal, un endroit boueux… Il était nerveux et rattachait son récit à…

— … à la disparition de Yannick ?

— C'est ça. Je l'ai écouté, j'ai essayé de cacher mon malaise. J'ai sans doute réussi qu'à moitié. Tout de suite après, il a dit : « Bon, laissons les morts où ils sont ! » ou quelque chose comme ça, et on a changé de sujet. Dernière nouvelle : il disparaît à son tour, Cyriac. Quand tu rapproches toutes ces histoires-là, toi, ta raison elle te dit quoi ?

Pour la première fois depuis que je m'ouvre à elle de tout ça, je vois quelque chose comme de la peur traverser les yeux de Laure, une sorte d'oiseau noir qui passe et repart, cédant la place à une tristesse fatiguée. Elle vient se lover contre moi et nous écoutons longtemps le bois crépiter dans le poêle, sans parler, avant de tirer les rideaux devant cette neige qui tombe dru sur La Chalande et de monter nous coucher d'un pas lourd.

Pannoowau attend que tout le monde soit assis et qu'on n'entende plus que le murmure du feu, puis commence son histoire de cette voix grave qui, depuis notre installation dans la maison longue, est souvent la dernière à toucher ma conscience avant que je m'endorme.

« *Le jour même de leur installation près du grand lac, le père avait mis en garde Aponi et Aiyana, ses deux filles :*

— Surtout, ne vous baignez jamais dans ces eaux. Elles sont profondes et dangereuses, je vous l'interdis.

— C'est d'accord, père, avaient-elles répondu sous le regard inquiet de leurs parents.

Puis la famille était entrée dans le wigwam pour la nuit, épuisée par toutes les tâches qu'avait représentées le nouveau campement, à l'écart des routes habituelles.

Durant les premiers jours, les deux sœurs avaient respecté la consigne, se contentant d'observer de loin les profondeurs noires. Mais un matin, la plus âgée s'avança vers les eaux à petits pas, sans entendre les protestations de sa cadette.

— Il n'y a rien à craindre, regarde : tout est calme ici. Papa ne sait pas comme nous sommes devenues bonnes nageuses, il a simplement peur que nous ne sachions pas revenir à la grève. Approche...

La plus jeune la rejoignit, troublée de ne pas écouter l'avertissement paternel, mais attirée par l'onde apaisante autant qu'interdite. Après un regard alentour, les deux sœurs laissèrent tomber leurs vêtements sur le sol et entrèrent dans le lac, d'abord sur leurs gardes, puis de plus en plus tentées par la fraîche caresse.

— Tu vois cette île au centre du lac ? Allons-y à la nage, nous y serons en quelques brasses.

Elles plongèrent d'un même mouvement leurs corps nus et légers, puis s'éloignèrent en prenant soin de ne pas faire trop de bruit. »

J'écoute sans bouger, réchauffé par le feu qui rougit les visages, appuyé sur le sein lourd de ma mère, dont la respiration me berce. Pannoowau poursuit.

« Gagnée par un mauvais pressentiment, la mère des deux sœurs laissa de côté les peaux qu'elle était en train de tanner, non loin dans la forêt, et s'approcha du lac. Le cri qu'elle échappa en voyant ses filles résonna loin dans la vallée.

— Aiyana, Aponi, revenez tout de suite ! Rappelez-vous ce qu'a dit votre père...

Les filles étaient alors tout près de l'île, où elles prirent pied avant d'envoyer la main à leur mère.

— Tout va bien, maman, ne t'inquiète pas !

Elles changèrent bien vite d'idée quand leurs orteils, puis leurs chevilles s'enfoncèrent dans le sable, qui laissa bientôt filtrer une boue noire et liquide. Aponi et Aiyana se débattirent, le cœur affolé, mais le sol se dérobait de plus belle.

Quand elles furent enfoncées jusqu'à la taille, la boue se mit à bouillonner d'étrange manière. Tandis que leurs jambes s'allongeaient et s'allongeaient, elles sentirent leurs cheveux pousser. Leurs visages vieillirent de plusieurs années, leurs seins s'arrondirent et, quand elles cessèrent de remuer, elles se regardèrent sans comprendre. Là où se trouvaient leurs jambes s'étirait maintenant une interminable queue dont elles réalisèrent avec stupéfaction qu'elles contrôlaient les mouvements.

La métamorphose achevée, les deux sœurs se dégagèrent des boues et serpentèrent bientôt sous la surface du lac. Leur mère n'était déjà plus sur la rive. Paniquée, elle courait dans les bois à la recherche de leur père.

Pendant ce temps, un chasseur que le cri de leur mère avait alerté arriva en canot, longeant la grève. Il aperçut les vêtements laissés par terre et, intrigué, embrassa les eaux du regard. Ce qu'il prit d'abord pour des poissons d'une espèce inconnue laissait de longs sillons au loin.

L'homme rama vers eux. Quand il se pencha sur l'eau pour voir de quel poisson il s'agissait, il sursauta : légèrement brouillée par les flots glissait une femme très belle, aux cheveux noirs comme une nuit sans lune. Là où il aurait dû voir ses jambes s'étirait une longue, très longue queue dont les écailles et la pointe lui rappelèrent non pas celle d'un poisson, mais d'un reptile. Fasciné, il se pencha au plus près de l'eau tandis que la femme-serpent plongeait son regard dans le sien. L'homme posa une main sur la peau du lac, juste à la surface, que la créature agrippa aussitôt.

Le chasseur fut entraîné loin dans l'onde, plaqué au torse nu de la belle, qui le retenait fermement. Ce n'est pas de la frayeur qui l'envahit, mais un désir comme il n'en avait jamais connu. Cette peau blanche, douce comme un fruit ; cette bouche entrouverte qui semblait appeler la sienne. Était-il proie ou amant ? Le nuage qui gonflait dans son esprit l'empêcha d'y voir clair. Les mouvements étaient ceux d'un reptile devant son prochain repas, mais lui se sentait ébloui, léger, bien.

Le couple était tout au fond des eaux quand la belle relâcha son étreinte. L'homme s'accrocha comme il put aux épaules, aux hanches parsemées *d'écailles. Il n'eut bientôt plus de prise que sur la longue chevelure. L'instant d'après, les formes de la femme-serpent, qu'une autre de son espèce avait rejointe, disparaissaient dans un brouillard aqueux pendant que le chasseur aux poumons déjà remplis d'eau gardait la main crispée sur une mèche de cheveux.*

Quand ses doigts se détendirent, au moment précis où la vie quittait son corps, chacun des cheveux se changea en un petit serpent qui regagna aussitôt la rive pour s'enfoncer dans les bois. Depuis ce temps, des couleuvres serpentent à la surface de la Terre, recherchant constamment l'ombre et l'humidité en souvenir de l'anse qui les a enfantées. »

Après un silence épais, chargé d'épouvante, le vieux conteur s'apprête à raconter une nouvelle histoire quand la voix de ma mère s'élève :

— Pannoowau, cesse tes récits, les enfants ne trouveront pas le sommeil.

Je mets un long moment à m'endormir, en effet. Sous mes paupières dansent mille petits serpents mêlés aux cheveux d'une femme immense, belle comme l'aurore. Je nage autour d'elle, elle a les seins de ma mère. Quand j'entre dans sa bouche, qui pourrait contenir tout le clan, j'aperçois la figure de mon père, figée entre deux eaux dans un cri silencieux.

Vingt

En quelques jours, beaucoup de choses ont changé. Laure accueille moins sévèrement mes rêves éveillés. Elle parle peu, mais me serre souvent dans ses bras. Et elle a modulé notre jeu de fin de soirée, nos explorations des légendes régionales. Elle y mêle mes questionnements, sans les condamner comme des délires. Hier, par exemple, elle est elle-même revenue sur les impressions de Camil Béchard, sur cette angoisse qu'il avait partagée avec Cyriac, autrefois.

— Tu sais sur quoi je suis tombée à la bibliothèque, dans un manuel sur l'organisation sociale chez les Amérindiens ? Sur un chapitre qui porte sur les simples d'esprit. Les cas étaient plutôt fréquents chez eux, ce qui s'explique assez facilement par les conditions dans lesquelles, pendant longtemps, les femmes ont mené leur grossesse et ont accouché. Alimentation pas toujours équilibrée, mesures d'hygiène sommaires, rigueur du climat… Bref, ceux qui avaient manqué d'oxygène à la naissance ou étaient nés avec un handicap intellectuel étaient en général considérés comme des esprits purs, plus sensibles que les autres au monde de l'invisible.

Elle suspend son récit, comme si elle hésitait à conclure, puis reprend.

— Ça m'a fait penser à ton Camil. Des propos comme les siens auraient sans doute été écoutés, dans une communauté abénaquise d'il y a trois ou quatre siècles.

Je l'écoute en taquinant le feu du bout de mon tisonnier. Les bûches de bouleau répondent à mes molles attaques par des gerbes d'étincelles.

— Et toi, tu penses qu'il aurait fallu l'écouter un peu plus, notre fou du village ?

— Je sais pas, Thomas, mais ça me plaît bien de me dire qu'on a déjà interprété le babillage de ces fous autrement qu'avec une approche strictement médicale, en n'y voyant que le résultat d'un cerveau abîmé.

Pour que nous montions nous coucher avec autre chose à l'esprit, j'enchaîne avec la lecture d'une autre légende liée au Mena'sen, la plus belle : celle du jeune forgeron Robert Gardner et de sa fiancée, Aline Morton.

« Jusqu'au 29 février 1704, les deux amoureux

vivent paisiblement à Deerfield, une colonie anglaise du Massachusetts. Ils sont loin de se douter que les tensions qui agitent alors l'Europe vont avoir pour eux des conséquences dramatiques : en effet, Anne d'Angleterre a déclaré il y a peu la guerre à Louis XIV, et des ordres de répliquer à l'ennemi ont été envoyés par ce dernier jusqu'en Nouvelle-France. Une des premières cibles est justement Deerfield, qui sera bientôt attaquée par un groupe de soldats français accompagnés de deux cent cinquante Abénaquis recrutés pour cette mission – l'opération est aussi une occasion, pour le gouverneur Philippe de Rigaud de Vaudreuil, de consolider une jeune alliance entre les Français et les Autochtones.

Les assaillants feront des dizaines de victimes et une centaine de prisonniers, dont Aline et Robert. Au terme d'une longue marche forcée, durant laquelle une vingtaine de captifs mourront de froid, les fiancés se retrouvent à Saint-François-du-Lac, près d'Odanak. Un jour, ils réussissent à tromper la vigilance de leurs ravisseurs et prennent la fuite en longeant la rivière Saint-François vers le sud. Leur espoir est de courte durée : quelques jours plus tard, épuisée par des mois de privations et d'efforts, Aline sent ses jambes défaillir. Robert la soutient, puis la porte sur son dos, mais il comprend vite que sa promise est à l'agonie.

Le couple se réfugie sur le rocher à la forme de tortue, où la jeune femme rend bientôt son dernier souffle, les yeux vissés dans ceux de Robert. Ivre de chagrin, celui-ci allonge le corps d'Aline dans une faille du rocher, le recouvre de ce qu'il trouve de terre et de lichen et plante là un petit pin, frêle épitaphe, avant de tomber à son tour et d'être emporté par les eaux froides de la Saint-François, tué par la fatigue et la douleur.

La légende veut que l'arbre ait enfoncé ses racines à même le cœur d'Aline Morton. Celui qu'on appellera le pin solitaire vivra plus de deux cents ans, jusqu'à ce que deux ivrognes ne l'abattent pour le vendre en rondelles souvenirs, vingt-cinq sous chacune. »

Le regard de Laure se perd dans la faible neige qui danse derrière les vitres.

— Un pin qui pousse dans le cœur d'une femme… Si je meurs, dit-elle d'une voix blanche, les yeux déjà fermés, vas-tu faire quelque chose d'aussi romantique ?

Je la sens presque aussitôt glisser dans un sommeil que je devine peuplé de rêves ayant pour décor les forêts serrées de jadis et leurs routes d'eau.

* * *

Pendant ce temps, Cyriac est toujours introuvable. J'ai de mon propre chef communiqué avec les enquêteurs, leur disant que j'avais passé un moment avec lui quelque temps avant qu'il ne s'évapore. Ma discussion avec eux m'en avait rappelé une autre, comme leurs doutes obligés à mon endroit m'avaient rappelé ces questions posées à l'époque, durant les quelques heures où nous avions tous été vaguement suspects dans le dossier de la disparition de Yannick-Lunatique.

Une crainte diffuse est descendue sur Saint-Denis, comme un nuage, et les plus jeunes, qui n'allaient pas laisser passer une si belle occasion de rompre le calme ronron de la campagne, ont déjà commencé à parler de « village maudit ».

Vingt et un

Je cherche mon souffle, assis dans la neige qui déjà plante dans mon dos des aiguilles glacées. J'en étais venu à croire cet endroit en dehors du monde, à jamais déserté. Quand j'ai vu, de loin, une silhouette immobile à proximité du ventre-de-bœuf, le mouvement de recul a été d'une violence telle que je me suis pris les pieds dans les branchages et suis tombé à la renverse.

J'attends que se relâche cette barre bien connue, là dans ma poitrine. Je me redresse en faisant le moins de bruit possible. Le jour très pâle, que réverbère le sol, me fait plisser les yeux. J'écarte quelques branches et distingue de nouveau la silhouette, toujours immobile. Je n'ai pas été entendu.

Je l'observe longtemps, sans bouger moi non plus. Je suis trop loin pour distinguer les traits du visage, mais c'est une femme, j'en suis certain.

Pourquoi reste-t-elle là, les mains légèrement ouvertes vers l'avant, comme pétrifiée ?

Mon cœur cogne, mais le souffle revient, l'oxygène retrouve le chemin de mes poumons. Je marche plié en deux, en demandant à la neige de ne pas trop crisser sous mes pas. Je m'approche sans lâcher des yeux cette femme avec laquelle j'ai l'étrange impression de partager quelque chose. J'étais venu en pensant à Cyriac, en espérant faire taire ainsi les cauchemars des dernières nuits, où je le voyais sombrer dans une vase neigeuse et gourmande ; je serai plutôt venu nourrir ce fantasme noir.

La douleur hurle de nouveau. Je suis à genoux, je place ma langue entre mes dents pour les empêcher de claquer. J'ai vu son visage. Livide et vieilli, son visage.

« Quand ? »

Le regard est fiévreux, l'élocution brumeuse. Je la reconnais, cette femme brisée par la vie, son front étroit, ses pommettes encore saillantes. Je reconnais sa voix, curieusement haut perchée, comme dans mes souvenirs. Ses cheveux maintenant blancs sont relevés en un chignon négligé, et sous la veste qui n'est pas boutonnée, malgré le froid, elle porte un châle rouge vin que j'ai l'impression de reconnaître aussi.

Celle que j'avais cru loin de Saint-Denis maintenant, ou bien morte, c'est bien elle devant moi. Antonine Robert, la mère de Yannick.

Comment est-il possible que je ne l'aie pas vue depuis que nous sommes revenus vivre ici? Comment peut-elle se trouver là, trop près de *mon* ventre-de-bœuf pour qu'il s'agisse d'un simple hasard? Le connaît-elle déjà? Le cherche-t-elle encore?

«Quand?»

Ce n'est pas à moi qu'elle s'adresse: elle ignore ma présence. Mais pour combien de temps? J'ai une furieuse envie de fuir mais je ne peux m'empêcher d'approcher, j'ai regagné le sentier maintenant.

Je suis à cinq mètres d'elle quand elle tourne vers moi son visage émacié. Le temps s'arrête, comme nos cœurs. Puis son cri me transperce.

DEUXIÈME PARTIE

Un

Février 2006

En entendant hurler le téléphone, Laure avale de travers une gorgée de thé brûlant.

« Toi, je te préviens, la fin de ta carrière approche », marmonne-t-elle en s'adressant à l'auguste appareil. Mais aussitôt qu'elle décroche, l'expression de son visage s'adoucit.

— Sébastien, quelle bonne surprise... Ça fait une éternité qu'on n'a pas eu de tes nouvelles !

Elle sait que les mots sonnent un peu faux. Les liens sont fragiles entre Thomas et son frère. À vrai dire, le couple parle rarement de lui, comme on hésite à toucher une plaie mal soignée. De fait, Laure perçoit le malaise à l'autre bout du fil. Elle se demande comment enchaîner, envisage de prendre des nouvelles de ce que Sébastien a fait durant les Fêtes, puis se ravise.

— Dis-moi, Sébastien, toujours dans l'Ouest ?

Tandis qu'il répond poliment à la question, puis s'enquiert de leur nouvelle installation, Laure réalise qu'elle n'a vu le petit frère de Thomas qu'une fois depuis qu'elle est en couple avec ce dernier. Trois ans plus tôt, Sébastien, fraîchement diplômé d'ingénierie, avait été engagé par une firme d'Edmonton ayant pour mandat de planifier les futurs chantiers d'extraction de sables pétrolifères. Il était brièvement passé à Montréal fin 2004, pour régler quelques affaires. Quand il avait rendu une visite surprise à Thomas, un dimanche après-midi – un document testamentaire à récupérer, avait-il prétexté –, Laure était chez son nouvel amoureux. Elle avait assisté à la scène étrange qui s'était jouée. Pendant dix secondes longues comme des minutes, les deux hommes s'étaient fait face dans l'embrasure de la porte d'entrée, sans dire un mot. Elle avait aussitôt compris que ça n'allait pas entre eux, réalisant du coup que Thomas avait chaque fois été évasif quand il avait été question de Sébastien, durant leurs longues conversations d'amours de jeunesse que la vie a choisi de réunir.

L'esprit de Laure est divisé en deux : tout en décrivant la maison à Sébastien – « Tu la reconnaîtrais sans doute, une vieille construction en bois, assez en retrait, au bord du Petit lac Brompton » –, elle se rappelle avoir été très touchée que Sébastien accueille d'un large sourire, après l'explication balbutiée de Thomas, l'annonce de leur couple naissant. Elle a souvenir d'avoir senti remonter en elle, par bouffées, toute l'affection qu'elle lui portait autrefois, quand il venait s'asseoir entre elle et Thomas, au parc municipal ou sur la balançoire derrière chez eux, gentil avec elle, mais lui faisant comprendre par tous les signaux d'un langage non verbal que Thomas, c'était son frère à lui.

— Déjà une promotion ? Fantastique...

Durant ce bref passage rue de Bordeaux, Laure avait aussi décodé que Sébastien assumait aujourd'hui, quoique discrètement, son homosexualité. Réalité qu'elle avait accueillie de façon presque maternelle, ne pouvant s'empêcher de s'inquiéter un peu, intérieurement et à tort, espérait-elle, de la façon dont son orientation pouvait être perçue dans son milieu de spécialistes en hydrocarbures.

Quant à la distance émotive autant que physique qui semblait s'être installée entre les deux frères, Laure n'en a jamais su beaucoup plus, Thomas se bornant à parler de mésentente dans le processus de succession, après la mort de leurs parents.

— Ah, tu as lu sur le Net cette histoire de disparition ? Oui, oui, c'est bien le Cyriac chez qui on allait acheter des bonbons. C'est *le* sujet de conversation au village, comme tu peux t'imaginer. Thomas est très retourné par cette affaire, d'ailleurs. Imagine-toi qu'il l'avait vu peu de temps avant, le vieux Cyriac…

Sébastien pose des questions sur les recherches, sur ce qu'est devenu Saint-Denis, s'informe au passage de Thomas. Son étonnement qu'il les appelle a fait place, chez Laure, à une joie réelle. C'est le frère de l'homme de sa vie, après tout, et le moins qu'on puisse dire, c'est que le tissu familial, pour elle comme pour Thomas, se résume depuis longtemps à peu de choses. Prendre soin de ce qu'il en reste lui apparaît soudain nécessaire. D'autant plus que ces dernières heures, elle a beaucoup pensé à ce que ça voulait dire, une famille.

— Pourquoi tu viendrais pas nous voir, un week-end ?

Les mots sont sortis de sa bouche spontanément, elle entend déjà Thomas lui reprocher d'avoir lancé une telle invitation sans lui en parler d'abord. Elle a le temps de se mordre assez profondément la lèvre inférieure avant que Sébastien ne réponde que oui, pourquoi pas, c'est une bonne idée.

Surprise, Laure sourit, tout en redoutant le

moment où elle fera à Thomas le compte rendu de cet appel.

— Formidable ! Tu nous dis quand ça te conviendrait et on s'organise.

Par automatisme, elle veut ajouter « Thomas va être content », mais les mots ne franchissent pas ses lèvres. Ce sont d'autres mots qu'elle s'entend prononcer.

— En plus, il se pourrait qu'il y ait quelque chose à fêter…

Sébastien l'interroge pour la forme, mais il a déjà deviné.

— Oui, je suis enceinte, Sébastien.

Ce cri de joie, dans le combiné, la franchise de sa réaction. Quelque chose cède en elle, des larmes lui viennent aux yeux. Comme s'il avait fallu que quelqu'un d'autre s'en réjouisse pour qu'elle le réalise enfin : une vie s'était nichée en elle.

En raccrochant, Laure mesure le contraste avec la façon dont Thomas a reçu la nouvelle, trois semaines plus tôt.

* * *

— Non ?

Le ton avait manqué d'enthousiasme. Laure avait été cruellement déçue. Elle avait fixé Thomas d'un regard incrédule, vaguement méfiant. Lui avait secoué la tête, s'était un peu ressaisi.

— Excuse-moi, Laure. C'est simplement… Tu es sûre de ce que tu me dis ?

Le regard était resté le même, à cela près qu'il était maintenant brillant de larmes.

— Absolument sûre. Absolument certaine d'une information qui aurait dû causer un grand moment de bonheur, Thomas, et qui me vaut cette tête de déterré, comme si je t'avais annoncé la mort de quelqu'un.

Chacun était resté tendu dans son émotion, en silence.

— Pis veux-tu me dire d'où tu sors ? Tu t'es encore roulé par terre ?

Quand Thomas était entré, Laure était si excitée par l'annonce de sa grossesse, si euphorique de la partager qu'elle s'était précipitée vers lui en souriant de toutes ses dents, répétant qu'elle avait « une nouvelle ». Ce n'est qu'après, interloquée par la tiédeur de sa réaction, qu'elle avait remarqué son pantalon et ses bottines détrempés.

— Laure, excuse-moi, sincèrement. C'est une grande nouvelle.

Elle avait semblé le reconnaître enfin, comme s'il avait retiré un masque. Thomas l'avait prise par la main et l'avait emmenée au salon. La main de Laure toujours dans la sienne, il lui avait raconté d'une voix blanche ce qui venait de se produire près du ventre-de-bœuf. Il n'avait rien omis, il avait tout dit cette fois. Il avait espéré fort qu'elle le croie.

En terminant son récit, il l'avait embrassée très doucement sur la tempe. Il avait voulu lui dire qu'avoir un bébé d'elle était son souhait le plus cher, les mots étaient là sur sa langue, mais il n'avait rien ajouté. Le visage de Laure était demeuré fermé, il n'y avait pas d'espace en elle pour accueillir le récit de Thomas. Elle peinait à contenir la colère qui l'habitait, colère mêlée d'un réel début de doute quant à ce choix qu'elle avait fait de renouer avec lui.

Le vent est doux. Il reste sous les arbres quelques plaques d'une neige sale, mais la forêt prend chaque matin des teintes moins jaunes, le vert s'éveille, partout. Nous marchons, marchons. Nous sommes vingt-deux, mais on n'entend souvent que le sol accueillir le rythme de nos pas. Les feuilles gorgées d'eau, les souches couvertes d'une mousse épaisse et brune, les troncs morts enjambés dans un bruit de cuir frotté. Nous mangeons les mêmes viandes qu'avant, les mêmes champignons, ceux qui ne hurlent pas dans le ventre. Nous dormons les uns contre les autres, à l'aube nous nous levons en sachant où nous allons, mais quelque chose nous a quittés, quelque chose qui passe dans les rêves avec des bruits de lutte et laisse un goût d'hiver dans la bouche.

Quand nous ne marchons pas, je lance des pierres contre les érables. Je vise bien, elles heurtent souvent le tronc avant de tomber sur le sol froid, même si je tire de loin. Quand je n'ai plus de pierres, j'avance vers ma cible et compte les cailloux à mes pieds. J'en fais de petits tas, que je laisse là quand nous repartons.

Ma mère souvent me regarde sans rien dire. Son sourire est triste, des ombres sont venues creuser ses joues. Elle est debout mais moins qu'avant, comme ces arbres qui ne connaîtront plus beaucoup d'étés. À l'intérieur elle est brisée, même si ses yeux continuent de veiller sur mes jeux et me réchauffent.

Hier, Ndadan a tué un chevreuil. Il n'était pas très gros, il bondissait haut dans sa fuite. J'ai suivi Ndadan, j'ai tout vu. La première flèche, qui a fait gicler le rouge sur le dos. L'œil brillant de la peur, la course folle. Puis le coup qui fait tomber l'animal, ses gestes maladroits pour se relever, le corps déjà tué qui remue encore.

À bout de forces, le chevreuil s'est tendu dans la douleur, puis son regard a rencontré le mien. J'ai vu la toute dernière lueur au fond des billes noires, j'ai eu le temps de penser aux braises de nos feux qui meurent dans un éclat orange pâle, au matin, et puis plus rien. Le regard était vide. Les yeux ne me regardaient plus, ils n'étaient que deux pierres de nuit dans une chair que Ndadan entaillait déjà de son couteau.

On m'a laissé couper quelques morceaux, dans le ventre. C'était la première fois. La viande chaude, mauve. Je n'ai pas eu peur. On m'a dit que mon père m'aurait pris dans ses bras.

Je n'ai pas eu peur, mais longtemps j'ai pensé à la dernière lueur dans l'œil de l'animal, et j'ai voulu savoir où s'en va le feu quand il ne reste que des cendres.

Deux

Mars 2006

Penché sur trois perce-neige repérées le long de la route, non loin de la maison, Thomas repense à tout ce qui est survenu ces dernières semaines, à la petite bombe qu'a été pour lui l'annonce de la grossesse de Laure. Il s'en est longtemps voulu d'avoir réagi comme il l'a fait, mais l'idée d'une vie à venir, qui éclorait alors que tant de choses voilent ses pensées, avait déclenché en lui une angoisse nouvelle. Pour la première fois il avait pensé fuir, loin, revendre La Chalande et quitter pour de bon ce village.

Une partie de lui ressasse tout ça ; une autre veut être forte pour Laure, qui mérite mieux. En retournant vers la maison, tenant dans sa main les trois fleurs frêles – il a hésité un peu, puis les a cueillies en imaginant l'émouvant petit bouquet qu'il allait poser sur la table –, il fait le projet de mitonner avec soin le repas du soir.

Durant les derniers jours, un franc redoux a fait fondre une bonne partie de la neige. Un vent tiède soulève les premières odeurs de bois mort et de feuilles en décomposition, et tandis que les chants d'oiseaux qui espèrent le printemps et les frémissements des bois traversent chaque cellule de son corps, Thomas comprend qu'il ne pourra pas partir. Les racines de son existence blessée sont ici, il appartient à cette terre autant que cette terre lui appartient. Alors se mêle, à la peur au ventre et à l'anneau qui comprime son souffle, cette puissante et absolue ivresse qui naît de la certitude de poser les pas là où on devait les poser.

Quand Laure rentre du travail, le bouquet chétif a la couleur de l'espoir et le parfum du veau marengo imprègne La Chalande.

— Ça sent bon, dit-elle en s'avançant vers lui d'une démarche alourdie par ses vingt et une semaines de grossesse.

Ce soir-là, dans le climat propice créé par le feu qui brûle au salon, le plat décidément réussi de Thomas et le vin rouge – le médecin a permis un verre ; elle en prendra deux –, ils reviendront sur les tensions récentes. Thomas ira jusqu'à s'excuser d'avoir piqué une crise quand Laure lui a appris son initiative d'inviter son frère. Ce jour-là, elle avait même dû le retenir pour qu'il ne rappelle pas Sébastien en lui disant qu'à bien y regarder, ils étaient trop occupés pour le recevoir et qu'il valait mieux reporter cette visite. Voilà qu'il a un autre discours : « Ça peut pas aller plus mal qu'en ce moment entre lui et moi, au fond. On risque pas grand-chose. »

Quand elle tente, doucement, de creuser la question, il se referme toutefois comme une huître. Il ne perd pas son sang-froid, mais évoque, cette fois encore, de vagues questions de succession. En ajoutant, comme pour lui-même :

— Ce qu'il a pu flamber à cette période-là, c'est quand même incroyable.

Ce sur quoi Laure se lève pour desservir.

Trois

Samedi

Le soleil est franc, à 10 h 30 le mercure avoisine déjà les 20 °C. Une chaleur sèche, arrivée sans prévenir, qui rend la terre des sentiers blême entre les sillons d'une neige fatiguée. Avant même d'arriver, Thomas pressent qu'il n'y aura rien à voir. De fait, la zone est déserte. Le ventre comme endormi, à peine visible.

Thomas fait le tour de la petite clairière. Se dit qu'un randonneur ne remarquerait rien. Normalité apparente qui lui rappelle son étonnement, autrefois, lors des recherches collectives qui avaient suivi la disparition de Yannick. Cette impression que la forêt s'était contractée, avait dissimulé ce que lui avait vu. Dans un enchaînement d'idées qu'il commence à connaître, il se laisse gagner par le sentiment que la page pourrait être tournée, que le mystère tôt ou tard va s'évaporer. Il se sent de nouveau étrangement bien, il demeure vaguement sur ses gardes, mais la gravité des choses refuse de s'imprimer en lui. Le soleil de cette fin mars l'enveloppe et il n'y résiste pas.

Plutôt que d'enfourcher tout de suite son vélo resté en bordure de la route, il décide de marcher un moment. Laure dormait encore quand il est parti, rien ne presse.

En passant devant l'église, Thomas voit sortir les villageois venus assister à la messe de 10 heures (il s'étonne un peu que le service du samedi ait toujours lieu, à une époque où les églises se vident). Les gens restent là, agglutinés en petits groupes. Il s'approche de l'un d'eux, dans lequel se trouve Samuel Déry, le jeune curé qui officie à Saint-Denis depuis quelques années – tout comme dans deux municipalités avoisinantes, la relève se faisant rare dans les diocèses du Québec.

L'abbé Déry, Thomas le sait pour en avoir entendu parler plusieurs fois au village, fait partie de ces hommes de foi nouveau genre, qui s'accordent une grande liberté de ton et n'hésitent pas à critiquer certaines positions du Vatican. Son non-conformisme, que souligne la boucle d'oreille qu'il porte au lobe gauche, se perçoit d'abord dans son air jovial, dégagé, loin du hochement de tête contrit que servent d'ordinaire les prêtres à leurs fidèles.

On le salue d'un doigt à la casquette, puis on poursuit les échanges, dont Thomas comprend rapidement qu'ils concernent Cyriac, disparu il y a bientôt trois mois.

— Toujours pas de nouvelles, hein ?

Tous les regards se tournent vers Thomas.

— Aucune, rien. Volatilisé, notre Cyriac, lui répond un petit homme rond, que Thomas ne replace pas.

Les visages sont longs, même l'abbé Déry tempère sa superbe naturelle. Un vieil homme très droit, l'œil clair, renchérit :

— Les enquêteurs ont aucun indice sérieux, à ce qu'il paraît. La seule piste à retenir leur attention, c'est celle d'une fugue, ou d'une perte de mémoire qui aurait mené mon chum Dieu sait où. Mais je leur ai dit et répété : c'est impossible.

— Vous étiez amis, Cyriac et vous ?

Thomas a soudain l'impression d'avoir posé une question bête, une question d'étranger.

— Toujours ensemble, ces deux-là, lui lance le rondouillard comme s'il aurait dû le savoir.

— D'ailleurs, on venait de commencer à préparer notre voyage de pêche annuel. On faisait toujours ça, profiter des mois d'hiver pour confectionner nos mouches. Ça avançait bien, Cyriac en parlait sans arrêt de notre projet d'aller une semaine dans le Vermont, ce printemps. Il était pas déprimé pour deux cennes. Pis il avait toute sa tête, ça je vous le garantis !

Thomas garde pour lui sa visite chez Cyriac, avant que celui-ci ne s'éclipse. De ce qu'il comprend des échanges, l'enquête piétine à tel point qu'on a suspendu les recherches actives. Le mécontentement est manifeste.

On évoque les quelques pistes explorées à ce jour. Celle de l'accident bête, d'une chute au bord de la rivière, par exemple, qui aurait entraîné par le fond le vieillard assommé avant que les glaces ne prennent, auquel cas on retrouverait peut-être bien le corps prochainement, le long d'un cours d'eau. Celle de l'enlèvement, aussi, que l'absence totale de motif rend pourtant peu plausible.

Il y a beaucoup de monde sur le parvis de l'église, les groupes se font et se défont. Thomas reconnaît quelques personnes, visages tout droit sortis de son enfance, rides et cheveux gris en plus. À la faveur d'un mouvement dans la petite foule, il se retrouve en face du curé, avec lequel il n'a encore jamais conversé. Il se fait d'ailleurs la réflexion que Laure et lui ne se sont mêlés qu'à moitié à la communauté, depuis leur arrivée.

— Ah! s'exclame son vis-à-vis. Vous êtes bien Thomas Fontaine, l'auteur de séries télé, n'est-ce pas?

— Euh, oui, c'est ça...

Thomas est étonné d'être reconnu ici. Déstabilisé, même. Comme si son statut de personnalité du milieu télévisuel appartenait déjà à une autre vie.

— Enchanté, monsieur le curé, ajoute-t-il.

— Enchanté, moi aussi. Je savais que vous viviez dans le coin, mais nos chemins ne s'étaient pas encore croisés.

La phrase n'est pas à double sens, aucun reproche n'y est caché, mais son double sens potentiel leur arrache un sourire à tous les deux.

— Vous avez eu du monde aujourd'hui, en tout cas.

— Beaucoup de monde, en effet. Il faut croire qu'avec toute cette inquiétude dans l'air, les gens ont besoin de se serrer les coudes.

Le jeune abbé dit ça sourire en coin, conscient que le réflexe de se rapprocher de sa communauté durant une période difficile et le véritable regain de foi sont deux choses bien distinctes.

Après un silence complice, Thomas ne peut s'empêcher de demander à l'abbé Déry comment il s'y prend pour rassurer les paroissiens.

— Vous savez, répond celui-ci après une hésitation, les craintes et les racontars des dernières semaines sont disproportionnés par rapport à ce qui est avéré : la disparition d'un vieillard, qui en rappelle d'autres, inévitablement, mais qui s'explique de toute évidence autrement. Paradoxalement, pour un homme de foi, mon rôle ces jours-ci est de rester du côté de la raison !

Thomas n'apprend rien de neuf, les propos de l'abbé Déry sont pour le moins modérés, fruits du simple bon sens. Il ne saurait dire pourquoi, il a pourtant l'intuition d'avoir trouvé un allié dans la lecture de ce qui se trame à la lisière des choses.

Quatre

Dimanche

La Chalande gémit doucement dans le vent, sous un ciel bas. Thomas est descendu allumer un feu dans le salon, peu après 10 heures, et s'est allongé sur le divan avec une revue du mois dernier, qu'il a feuilletée distraitement avant de se rendormir là, un pied sur l'appui-coude, l'autre sur le plancher. Laure est restée dans la chambre, plongée dans un catalogue d'articles pour nouveau-nés.

Thomas gravit maintenant une falaise escarpée, au fond des bois. Si escarpée qu'il doit s'aider de ses mains, qui se glissent dans les anfractuosités du roc pour tirer son corps vers le sommet, où l'attend le bleu d'un ciel matinal et pur. Il monte, c'est épuisant mais rien ne l'arrête. L'effort est bon, les muscles sont bandés. Il sera bientôt tout en haut, la tête dans l'azur. Il redouble d'ardeur quand un son strident s'élève de la pierre même, agressif, insoutenable, sorte d'alerte antinucléaire qui fait vibrer la paroi en même temps que le cerveau du grimpeur. Qui ouvre des yeux ronds et paniqués.

— C'est la dernière fois qu'il sonne ! Je te jure que c'est la dernière fois que ce maudit téléphone-là sonne dans ma maison…

Hagard, à demi redressé sur le divan, Thomas voit Laure dévaler les marches et se précipiter sur le combiné. Elle prend une grande respiration avant de décrocher.

— Allô ? Oui, un instant.

Elle tend l'appareil à cordon vers Thomas, qui émerge tant bien que mal pendant que, quelque part au pays des songes, son corps se détache d'une falaise et chute dans l'absolue solitude des bois imaginaires.

— Oui, allô ? parvient-il à articuler pendant que le regard colibri de Laure lance des éclairs aux quatre coins de la pièce.

— Oh, vous avez la voix ensommeillée, je m'excuse… C'est l'abbé Déry. Je vous rappelle un peu plus tard, d'accord ?

— Non, non, monsieur l'abbé, je vous en prie… Je vous écoute.

— Je m'excuse encore une fois. Je me lève toujours tôt le dimanche, pour des raisons évidentes, et après le premier service j'ai l'impression bête que tout le monde est réveillé…

— Ça va, ça va, je vous assure.

— Écoutez, je voulais simplement vous informer d'un drôle de hasard. Peu après notre bout de discussion, hier… Au fait, je vous redis à quel point ça m'a fait plaisir de vous rencontrer… Bref, dans le courant de l'après-midi, j'ai fait du rangement dans le bureau du presbytère et je suis tombé sur quelques photos. C'était tout au fond d'une armoire qui avait pas été ouverte depuis longtemps, je crois. Des polaroïds, qui remontent à assez loin. Sur l'un d'eux, où on voit quelques jeunes garçons en maillots de bain, je suis à peu près sûr de vous reconnaître… Vous devez avoir une dizaine d'années, peut-être un peu plus.

Thomas rit.

— Vous croyez ?

— J'ai jamais vu de photo de vous enfant, monsieur Fontaine, mais je me dis que vous deviez ressembler à ça !

— Ah, mais attendez, monsieur l'abbé… Les garçons en question se trouvent où, exactement ?

— Exactement, je sais pas, mais autour c'est la forêt. Et puis il doit y avoir un plan d'eau pas loin… Vous avez l'air de bonne humeur, en tout cas.

— Je pense que je vois ce que c'est... Le curé du village, quand j'étais jeune, le curé Théorêt, il nous emmenait de temps en temps à son chalet du Grand lac Brompton, quelques amis et moi. On passait des après-midi là-bas, il avait créé une sorte de cercle de discussion. Il nous faisait faire du ski nautique, aussi...

— Eh bien, les temps changent : il me semble qu'un curé, aujourd'hui, susciterait davantage la méfiance en organisant des activités pareilles avec des petits gars en maillots de bain !

Thomas laisse échapper un rire avant d'enchaîner :

— Il avait peut-être bien pris quelques photos de nous, cela dit. Comme vous le savez sans doute, il a jamais eu le temps de faire son ménage avant de partir...

— Ah, ça expliquerait tout. Oui, on m'a raconté son... départ précipité. Dieu ait son âme.

— J'aimerais bien voir cette photo, en tout cas.

— C'est justement pour ça que je vous appelais. Je m'en serais voulu de la mettre aux poubelles sans vous prévenir. Si vous voulez, je la mets de côté et vous passez quand vous avez une minute.

— Oui, entendu. J'ai souvent une minute, vous savez.

— Bon, bon, ça peut être dès cette semaine, alors. Pour être sûr que vous ne veniez pas pour rien, que diriez-vous d'un rendez-vous, disons, jeudi vers les 10 heures ?

— Ça me va très bien. J'ai quelque chose en milieu de journée, mais ça me laisse le temps.

— Ça vous ennuie pas de passer au presbytère ?

— Pas du tout. À jeudi, donc !

— À jeudi !

Il y a quelques jours que nous campons au même endroit. Nous voilà près des territoires d'été, où nous dresserons pour longtemps nos wigwams et nos maisons longues, au bord de ces lacs où grouille la ouananiche.

Les nuits sont encore froides, mais l'air ne mord plus la peau comme aux dernières lunes. Ses histoires, Pannoowau nous les raconte de nouveau dehors auprès du grand feu, le soir, où nous prenons place en un cercle vivant de cuirs et de regards mobiles.

— Vous n'y avez sans doute pas prêté attention mais il y a cinq lunes, nous avons emprunté un chemin en creux, entre deux montagnes. Un chemin différent, lisse comme aucun autre. J'ai marché devant, à cet endroit, l'œil ouvert grand. J'ai guetté le mouvement des feuillages et les bruits inhabituels. Nous avons eu de la chance : le passage était ouvert, alors je n'ai rien dit. Mais vraiment ce chemin-là ne ressemble à aucun autre.

— Pourquoi, Pannoowau ? Qu'est-ce qu'il a de différent, ce chemin ?

C'est Tala qui a parlé. Le tout petit Tala, petit mais déjà brave, les yeux pleins d'impatience. Pannoowau lui sourit, et dans son sourire on devine que la suite va souffler dans nos rêves des images tenaces.

— *Ce chemin, Tala, il est dessiné peu à peu, depuis le grand matin de tout, par Majiskok, un serpent long comme trois fois notre clan quand nous marchons par les sentiers.*

Les bouches sont rondes autour du feu, tous les regards maintenant tournés vers Pannoowau.

— *Majiskok dort peu souvent, mais très longtemps. On dit qu'il peut s'enrouler sur lui-même et ne plus bouger pendant quarante saisons, puis se réveiller soudain et, pendant autant de saisons, parcourir sans répit le même tracé, qui finit par épouser les courbes de son corps. Sa tête, grosse comme celles de deux orignaux, glisse lourdement contre les troncs, les herbes et les rochers, laissant derrière un peu de ce liquide que sécrètent ses yeux noirs.*

— *Du poison ? demande encore Tala.*

— *Au contraire, petit chasseur. Des yeux de Majiskok s'écoule un miel dont une goutte suffit à guérir la plus violente des fièvres. Certains clans prennent de grands risques pour en recueillir quelques larmes.*

— *De grands risques ?*

Cette fois c'est moi qui ai parlé, sentant aussitôt le bras de ma mère s'enrouler autour de mon ventre. Je poursuis quand même :

— Pourquoi de grands risques si le liquide est bon ?

— Le liquide est bon, mais les yeux de Majiskok ont la couleur de la nuit. Le serpent ne tolère personne sur son passage quand il va et vient sous la Lune, recherchant quelque chose dont nous ignorons la nature. Le lièvre qui passe par là se fait dévorer aussitôt. Du renard intrigué par la bête, on ne retrouve au matin que la fourrure ensanglantée. On dit qu'à son dernier réveil, Majiskok a vu se dresser devant lui un homme venu d'ailleurs, un fou couvert d'une parure étrange, avec des cheveux au menton et une musique aiguë à la bouche. Quand Majiskok s'est cambré, sa langue lançant des éclairs roses, l'homme venu d'ailleurs a reculé de quelques pas, mais ne s'est pas sauvé. Il a plutôt placé ses mains ouvertes entre lui et la bête et un flot de mots incompréhensibles a déferlé entre ses lèvres. Ce n'étaient pas des cris, plutôt des formules dont il aurait aimé qu'elles aient un pouvoir sur l'animal. Mais après un moment d'immobilité où même le temps semblait suspendu, Majiskok a fondu sur le fou, la mâchoire ouverte si grand qu'il l'a avalé tout entier.

Un murmure monte du cercle pendant que les enfants enfouissent la tête dans le cou de leur mère.

— Sa proie dans la gueule, Majiskok a rampé jusqu'à une petite clairière non loin, où il s'est cambré de nouveau, s'élevant aussi haut que la cime des épinettes, pour ensuite plonger et disparaître dans la terre. Un chasseur caché derrière une grande pierre, qui avait tout vu de la scène et qui me l'a racontée plus tard, a attendu que le soleil se lève et que les cris de l'homme aux manières étranges soient emportés par le vent, puis s'est approché du trou par où Majiskok avait disparu. Mais…

— Mais quoi ? demandent plusieurs voix parmi le cercle.

— Mais il n'y avait pas de trou. Rien. Comme si le serpent géant avait plongé dans un lac et que les eaux avaient aussitôt effacé les traces de sa fuite. Comme si Majiskok s'était engouffré non pas dans le sol, mais dans un liquide.

Nous attendons tous la suite, mais les lèvres de Pannoowau restent closes. Alors, un à un, nous nous levons en silence, la tête encore emplie du serpent millénaire qui habite les bois où nous marchons, et nous entrons dans nos wigwams en sachant très bien que Majiskok nous attend du côté du sommeil.

Cinq

Mardi

L'opération n'a rien de très compliqué. Il faut bien sûr enlever l'ancienne prise téléphonique, un modèle remontant à l'après-guerre, mais Laure a une facilité avec le câblage électrique et les branchements en tous genres : quelques fils à tire-bouchonner, quelques vis à visser, il n'y a là rien de sorcier pour elle. Et puis les derniers jours ont été éprouvants. Elle a toujours ressenti, dans ces moments-là, le besoin d'occuper ses mains.

Il n'est que 16 h 30, elle a pu quitter le collège tôt cet après-midi, et s'imagine déjà faire à Thomas la surprise de leur nouvelle installation. Le téléphone qu'elle vient d'acheter, un appareil sans fil au design ultra-épuré, pour ne pas dire futuriste – « J'y suis peut-être allée un peu fort… » –, patiente sur le comptoir pendant qu'elle commence les menus travaux.

« D'ici vingt minutes, on pourra passer un appel. » C'est ce que se dit Laure quand survient une première complication.

En essayant de déloger la vieille prise du mur de plâtre, particulièrement friable à cet endroit, elle tire avec un peu trop de vigueur et arrache un bout de la cloison grand comme une assiette.

— Merde !

Furieuse, Laure se retourne pour attraper le coffre à outils resté sur la table, un mètre plus loin. Mais son pied droit se prend dans le fil de l'ancien téléphone pendouillant entre le comptoir et le sol. Elle perd l'équilibre, tend une main vers la table pour stopper sa chute, mais fait plutôt basculer avec elle tout le contenu du coffre à outils grand ouvert et tombe sur le plancher en même temps que tout un attirail de quincaillerie, parvenant au dernier moment à pivoter un peu et à éviter de tomber directement sur son ventre bombé.

Recroquevillée sur elle-même, suivant du regard un écrou qui roule encore vers le fond de la salle à manger, elle n'émet aucun son, les jurons meurent sur ses lèvres. Elle demeure immobile, cherchant son souffle, qu'elle retrouve assez vite, déjà consciente qu'il y a eu plus de peur que de mal, mais soudain furieuse contre Thomas d'être parti. Parti où, déjà ? Ça ne lui revient pas, ce qui la fâche encore davantage.

Elle s'oblige à ne pas se relever trop vite. Pour le bébé, mais aussi pour son cœur, qui cogne dans sa poitrine. Le médecin s'est un peu inquiété, lors du dernier rendez-vous, de cette légère malformation cardiaque qu'elle a, qui l'aurait empêchée de faire du sport de haut niveau mais ne lui a jamais posé de problème comme tel et qu'elle avait elle-même à moitié oubliée. « Ménagez-vous, avait-il dit, à tout le moins durant la grossesse. »

La demi-heure qui suit, Laure la passe à ramasser les pièces répandues sur le sol, les lèvres serrées, passant régulièrement une main sur son ventre, et à raccorder de façon sommaire le nouveau téléphone. Au diable la finition pour l'instant. Elle s'assure que la tonalité soit audible dans le combiné, puis raccroche.

L'appareil sonne presque aussitôt, d'une sonnerie de synthèse feutrée dont Laure a le temps d'espérer qu'elle ne représente qu'une sélection parmi d'autres, avant de reconnaître la voix, à l'autre bout du fil.

— Sébastien !

— Salut, Laure. Je m'en viens, là. J'ai sauté dans une auto dès mon arrivée à Montréal et je suis déjà tout près. Je viens de passer Magog.

— Magog ?

— Ben oui… Ça fait quelques fois que j'essaie d'appeler, mais ça répondait ni à la maison ni sur le cellulaire de Thomas. Et je me suis rendu compte que j'avais même pas le numéro du tien. Faudra me le donner.

— …

— Laure ? Laure, aurais-tu oublié que je m'en venais aujourd'hui ?

— Non, non…

— Laure, t'as oublié que je m'en venais aujourd'hui ! C'est pas grave, dans ton état je te pardonne tout. Je vais arrêter nous acheter à souper.

— Sébastien, c'est pas nécessaire…

— Tsst ! Ça va te donner le temps d'enfiler quelque chose qui met en valeur ton petit ventre rond. J'apporte tout ce qu'il faut. À tout de suite !

— Sébastien…

Il a raccroché.

* * *

Thomas ne rentre finalement qu'une heure plus tard, avec entre les mains un pot de beurre d'érable acheté chez un acériculteur du coin.

— Je me souviens que Sébastien adore ça.

— Ah, t'as pas oublié qu'il arrivait aujourd'hui, toi. Imagine-toi que ça m'était complètement sorti de l'esprit. Je l'avais noté, j'y ai pensé hier encore, mais aujourd'hui pouf! Un bel oubli de femme enceinte… Je l'ai eu au téléphone tout à l'heure, il devrait arriver d'une minute à l'autre.

— Parlant de téléphone…

Thomas s'avance lentement vers le mur éventré.

— C'est beaucoup mieux que c'était, y a pas à dire.

— Thomas, s'il te plaît. Ça s'est pas tout à fait passé comme je voulais. Au moins, j'ai eu le temps de faire un brin de ménage. Si t'avais vu la cuisine il y a une demi-heure…

Mais ils n'ont pas le temps d'évaluer davantage les dégâts. Un klaxon annonce bientôt l'arrivée de Sébastien.

— Bon, voilà le frère, dit Thomas en se dirigeant vers la porte, un sourire plus fort que lui éclairant son visage crispé.

La joie des retrouvailles surprend un peu les deux hommes. Voilà que de se retrouver dans un lieu à la fois nouveau et au cœur de la cartographie de leur enfance, autour d'un repas réussi et d'une nouvelle que tous, enfin, trouvent merveilleuse, fait tourner le vent qui depuis des années les éloigne l'un de l'autre. Il faut dire que Sébastien a l'enthousiasme contagieux, il veut tout savoir du déroulement de la grossesse.

— Et la prochaine échographie, c'est pour quand ?

— Figure-toi que j'en ai une cette semaine ! lui répond Laure. Jeudi en fin de matinée, après-demain, donc. Tu pourrais venir avec nous…

Sébastien répond par un cri et un pas de danse qui provoque un éclat de rire général.

Thomas se promet d'essayer, ces prochains jours, de s'attarder aux bons côtés de son petit frère, à ses qualités plutôt qu'à tout ce qu'il s'applique à ne pas aimer chez lui. En levant son verre, il se dit que le temps est peut-être venu d'effacer l'ardoise.

On ressent d'abord une puissante attraction, bien plus puissante que ne sont puissants nos bras et nos jambes. L'impression qu'à cette vitesse, on touchera bientôt le centre de la Terre. Puis les sens alertés cherchent désespérément des repères, et c'est là qu'on perçoit sans les identifier les choses qui glissent contre nos corps en chute. Le mélange d'herbes, de boue et de vent qui ramifie le noir où nous plongeons, faunes sans défense dans la furie d'une cascade cent fois répétée. Soudain le courant semble s'inverser, remonte des entrailles du monde et ralentit notre course, jusqu'à tenir nos corps en équilibre au milieu de rien, flottant là dans le sombre et le silence. Qui se fendille presque aussitôt, laissant des bruits d'abord ténus, comme un chuchotement, s'infiltrer dans notre conscience. Des bruits qui gagnent en volume, une vague qui se rapproche, et bientôt des trouées de lumière découpent l'espace. Dans la clarté, nous distinguons en premier nos propres corps, nos mains qui cherchent une prise qui n'existe pas. Quelques faisceaux de plus et d'autres formes se détachent du noir, une dizaine, puis beau-

coup plus. Des corps dans la même position, quoique plus calmes, là depuis longtemps peut-être, suspendus dans le bruit. Dans un fleuve de bruit, parce que c'en est un maintenant. Des voix d'hommes, de femmes et d'enfants qui se mêlent en un tissu invisible, avec au centre le tambour de nos cœurs. Des voix si nombreuses qu'elles semblent être une seule et même, mais bientôt des notes affleurent qui nous ramènent loin derrière.

Six

Trois coups à la porte.

— Thomas ?

C'est la voix de Sébastien.

— Tu travailles encore ?

Thomas pose son stylo sur son cahier, se lève et va ouvrir.

— Salut… Oui, les idées passent pas souvent ces temps-ci, alors quand ça arrive, je les attrape au vol. Et toi, tu dors pas ? Il doit être minuit passé, non ?

— Pas loin d'une heure, précise Sébastien en regardant sa montre. Mais non, je dors pas. Le décalage…

— C'est vrai.

Les deux frères se fixent en silence, quelques secondes.

— Et si on allait faire deux pas dans la nuit ?

Dès qu'il a prononcé ces mots, Sébastien comprend que Thomas serait bien retourné à son cahier.

— Les idées ça attend pas, excuse-moi. On remet ça à demain.

— Non, non, de toute façon les muses étaient en train de s'essouffler, répond Thomas en risquant une main sur l'épaule de son petit frère. Bonne idée, allons faire un tour. Tu fumes toujours le cigare ?

Thomas prend une grande gorgée du verre de rouge posé sur son bureau et entraîne Sébastien dans l'escalier.

Après avoir allumé chacun un Cohiba, devant La Chalande, les deux hommes se dirigent vers la route de terre, parfaitement silencieuse à cette heure.

— J'adore cette maison, on y est bien tout de suite.

— Arrête, c'est absolument pas ton genre ! La première chose que t'as faite, quand t'en as eu les moyens, c'est t'acheter un condo flambant neuf avec aspirateur central.

Sébastien est piqué, mais n'en laisse rien paraître.

— Bon, OK, c'est une cabane lugubre, probablement infestée de mulots et de champignons, mais au moins mes draps sont propres, merci pour l'effort.

À travers quelques traits d'humour facile, ils

s'enquièrent l'un l'autre de leurs activités, de leurs métiers si différents. Quand Thomas se permet une pointe au sujet du célibat prolongé de Sébastien, pourtant, celui-ci se referme, peu enclin à raconter les derniers épisodes de sa vie intime. Il enchaîne plutôt avec la grossesse en cours.

— Laure me dit que vous préférez ne pas savoir le sexe du bébé ?

— Oui, l'idée de la surprise nous plaît. T'aimerais mieux avoir une nièce ou un neveu, toi ?

— Pfff.

Le ton est décontracté, Sébastien a envie de souligner que Laure n'a ni frère ni sœur, et que de ne pas faire de lui le parrain de l'enfant à naître serait le pire des affronts, mais il redoute que ses prétentions, même lancées à la blague, ne brisent leur fragile entente.

Le noir les enveloppe, maintenant, hormis un lampadaire isolé, loin devant.

— Ça me fait drôle d'être ici. Tu sais que je suis jamais revenu depuis qu'on a vidé la maison des parents.

— C'est vrai... Bientôt neuf ans, déjà.

Pendant quelques secondes, on n'entend plus que leurs pas réguliers dans la nuit.

— Hé, Thomas...

— Quoi ?

— C'est quoi cette histoire de mauvais pressentiment ?

— Ah, je vois que Laure et toi avez parlé d'autre chose que du bébé…

— Elle s'inquiète, Thomas. Qu'est-ce qui va pas, au juste ?

Thomas grogne quelque chose d'incompréhensible, puis élude :

— Ça va. Je pense que de revenir ici a été émotivement difficile, plus que je l'aurais cru, c'est tout.

— Et Cyriac, raconte un peu, demande encore Sébastien.

Son grand frère expire bruyamment.

— Y a pas grand-chose à en dire. Il se trouve que j'ai discuté avec lui quelques semaines avant qu'on perde sa trace, c'est tout.

— Mais t'es allé le voir chez lui… Pourquoi ?

— C'est une vraie enquête que vous menez, inspecteur Fontaine. Vous me soupçonnez de quelque chose ?

— Mais non. C'est une fugue de grand-père, c'est assez clair…

— Une « fugue de grand-père » ?

Thomas s'est arrêté. Il fixe son frère d'un regard mauvais, que celui-ci ne lui avait pas vu depuis longtemps.

— Bon, c'est pas chaud, dit Thomas. On va rentrer.
Ce qu'ils font, dans le presque silence des bois.

Le magma sonore enfle et s'apaise, comme une respiration, et bientôt nous les reconnaissons les voix devinées dans l'obscur, qui nous appellent. Nos membres savent les gestes à faire pour nous mouvoir, nous obéissons à la manière inscrite en nous et pourtant jamais apprise de nager là. Ça y est, nous nous dirigeons vers les traits espérés que nous voyons maintenant sans y croire. C'est bien elle c'est bien lui par quel tracé cosmique les avons-nous retrouvés ?

L'impression juste après d'émerger d'une rivière, dans un instant moins liquide. Nos mains se touchent, se prolongent en l'autre, nous formons un cercle maintenant. Un feu s'élève, au centre. Autour il y a de nouveau la forêt. Tout est vrai, précis. Même si dans le ciel dégagé ne brille aucune étoile.

Sur la berge non loin, un chevreuil passe lentement. Il nous fixe, le regard vidé de toute frayeur. C'est peut-être un jeu des ombres, mais on croirait en voir des milliers d'autres, derrière.

Le temps presse, même ici. Nous le savons, nous le ressentons au creux de nous, il faudra repartir bientôt. Nous aurions tellement de choses à dire, de je t'aime de je m'excuse de je m'en veux. De reviens. De ne pars plus. Mais les mots meurent sur les lèvres et tout est dit quand même.

Sept

Jeudi

Thomas est toujours au lit. Laure et Sébastien prennent le petit-déjeuner en tête-à-tête, complices. L'arrivée de ce dernier, l'avant-veille, a installé dans La Chalande une nouvelle dynamique. Les tensions ne se sont pas entièrement dissipées, chacun est sur ses gardes, sachant qu'un mot de trop pourrait dégénérer en conflit, mais le bonheur franc de Sébastien à l'égard du bébé a placé celui-ci au centre des préoccupations. Il flotte dans la maison un début de bonne humeur, un air neuf qu'ils appellent tous trois, au fond.

Si la discussion nocturne qu'il a eue avec Thomas le soir de son arrivée a laissé à Sébastien un arrière-goût, il a choisi d'éviter le sujet avec Laure. Ce n'est jamais qu'un froid de plus entre deux frères qui ont toujours mis autant d'énergie à se quereller qu'à s'aimer. Il refuse qu'elle se fasse du mauvais sang pour ça.

Laure le regarde en souriant. Elle se dit qu'il vieillit bien, que ses traits un peu anguleux s'estompent avec les années, que le roux de ses cheveux a gagné en chaleur. Et puis ce quelque-chose-qui-s'est-fixé-en-lui lui donne beaucoup de charme, pense-t-elle encore. « Il doit faire un bientôt trentenaire irrésistible auprès des hommes qui aiment les hommes. »

— Laure, ça veut dire beaucoup, ce bébé qui vient. C'est la vie qui continue. Et dire que je vais apercevoir sa frimousse aujourd'hui…

— Je suis touchée que ça te fasse autant plaisir, Sébastien. Je suis convaincue que ce petit, ou cette petite, aura le meilleur de tous les parrains.

— Parrain ?

— Qu'est-ce que tu crois ? J'espère que tu vas accepter, parce qu'il y a pas d'autres noms sur la liste !

Beaucoup de choses passent dans le regard de Sébastien. Laure ne décode pas tout, mais elle croit bien voir une forte émotion, une sorte de fierté.

— J'en ai parlé à Thomas. Ça nous ferait plaisir.

La moue de son beau-frère traduit une certaine incrédulité, mais il finit par sourire.

— C'est un grand honneur que vous me faites.

Ils jonglent avec quelques prénoms, imaginent déjà l'enfant courir autour de la maison, pousser des cris que multiplieront les eaux du lac.

— Et toi, dit Laure, c'est quelque chose que tu envisages, les enfants ?

— Oh, tu sais… J'y pense, mais c'est quand même plus difficile à figurer.

— Pourtant, on en voit de plus en plus des couples qui font la preuve que l'homoparentalité peut très bien se passer.

— Oui, évidemment. Mais ça prend un peu de stabilité dans le couple en question. Disons que ma vie amoureuse rime pas tellement avec stabilité, actuellement.

Laure sourit de plus belle. Elle dépose sa tasse de thé pour prendre les mains de Sébastien dans les siennes.

— En plus, je vis pour l'instant dans un coin où les gens sont un peu moins ouverts qu'au Québec sur ces questions-là. Tu sais qu'en Alberta, officiellement, l'homosexualité est encore considérée comme une maladie mentale…

— Arrête, impossible !

— Je te jure. Ça fait d'ailleurs l'affaire de bien des Albertains. Dans mon domaine, disons que je suis une sorte d'exception.

Le temps s'écoule au ralenti, Laure sent bien

que son beau-frère apprécie l'oreille attentive qu'elle lui tend, sans le moindre début de jugement. Au fil de questions posées très doucement, elle apprend des choses que Thomas ne sait pas au sujet de ses relations récentes. Celle que Sébastien a eue l'an dernier, surtout, avec un homme marié, là-bas, sur un site de prospection pétrolière dans le nord de la province.

— Pas évident de vivre une histoire brûlante mais en pointillé, lui dira-t-il à voix basse, ses mains toujours posées dans celles de Laure, comme des oiseaux inquiets. Pas évident d'avoir pour lieu de rendez-vous la boîte arrière d'un *pick-up*, à l'abri des regards, sur l'heure du lunch.

— Oh!

L'exclamation de Laure, presque inaudible, coïncide très exactement avec le bruit d'une porte qu'on ouvre, qui leur parvient de l'étage. L'instant d'après, la voix de Thomas résonne dans la maison tandis qu'il descend les marches.

— Bon, bon, vous avez de l'avance sur moi, on dirait…

Thomas perçoit le léger malaise que cause son arrivée.

— Dites-moi si je dérange, surtout.

Mais sa voix est cordiale, tout indique qu'il s'est levé du bon pied.

— Encore cinq minutes et je partais sans t'avoir vu, dit Laure.

Thomas se dirige droit vers elle, pose un baiser sur son front et, en s'agenouillant, un autre sur son ventre. Elle lui sourit en passant la main dans ses cheveux.

— Bon, à mon tour de me sentir de trop, dit Sébastien en allant se resservir un café.

— Allez, les garçons, ça suffit…

Laure se lève aussi, prend son sac sur une petite table adjacente et se dirige vers la porte d'entrée.

— Si j'ai bien compris, dit-elle en enfilant son manteau, on se retrouve tous les trois à 11 h 45 pour l'échographie ?

— On dirait bien, répond Thomas. Cet enfant-là a déjà droit à beaucoup d'attention !

* * *

Laure partie, les deux frères discutent avec précaution, comme on marche sur une glace mince en essayant d'atténuer son propre poids de peur qu'elle ne se brise. Chaque inflexion de voix, chaque raclement de gorge fait resurgir les jeunes hommes qu'ils ont été, il n'y a pas si longtemps, menaçant à tout moment de réveiller des épisodes douloureux. Ils sont tous deux soulagés que le dialogue ne puisse se prolonger.

— J'ai un rendez-vous à 10 heures, je vais te laisser un moment dans la maison de tes rêves. Tu fais comme chez toi, OK ?

— T'inquiète pas pour moi, je suis un grand garçon. T'en as pour longtemps ?

— Non, trois quarts d'heure au plus.

— À Sherbrooke, ton rendez-vous ?

— Non, non, au village.

— Ah bon ?

Thomas préfère ne pas donner de précisions. Il indique une clé accrochée à côté de la porte, enfile une veste et quitte La Chalande précipitamment. L'instant d'après Sébastien voit son visage réapparaître dans l'embrasure de la porte.

— Euh, tu veux qu'on fasse la route ensemble pour aller à la clinique ?

— On se rejoint là-bas, OK ? Je vais me balader un peu, puis après je vais peut-être bien flâner à Sherbrooke. Je veux pas t'imposer mon horaire de touriste nostalgique.

— Bon, bon, ça marche. À tout à l'heure, le frère…

* * *

En montant les marches du presbytère, Thomas ne peut s'empêcher de sourire. Quel drôle de tour a pris sa vie pour qu'il ait comme ça des rendez-vous avec un curé de campagne, lui qui n'a pas mis les pieds dans une église depuis les funérailles de ses parents.

— Pile à l'heure, monsieur Fontaine. Entrez… Je vous offre un café ? Je vais essayer de faire mentir les préjugés à l'égard des cafés de presbytère.

— Vous partez de loin, vous le savez ?

Les deux hommes rient de bon cœur en se dirigeant vers la cuisine tandis que Thomas cherche à faire coller le décor avec les lointains souvenirs qu'il a de cette maison. Il se revoit petit, attendant dans l'entrée pendant que l'abbé Théorêt prépare des victuailles avant de les emmener, lui et ses amis, au chalet du Grand lac Brompton. Pendant une fraction de seconde, il a même l'impression de revoir le vieil homme vaquer de son pas nerveux dans les pièces humides et sombres, marmonnant dans sa barbe des mots inaudibles.

— Ça a changé ici, c'est plus clair il me semble, dit-il à l'abbé Déry.

— Ah, vous êtes déjà entré ? Je peux pas comparer avec ce que c'était quand vous étiez petit, mais je sais qu'on a repeint quelque temps avant mon arrivée, il y a cinq ans. Et puis je vous avouerai que je trouvais la place un peu chargée, je me suis permis de donner quelques meubles aux bonnes œuvres…

— Vous avez gardé les livres, par contre, enchaîne Thomas en pointant les murs couverts de volumes.

— Bonne observation ! En fait, j'aime les livres moi aussi, et puis je me dis qu'ils font partie de ce presbytère, de son histoire. L'abbé Théorêt a beaucoup contribué à garnir les rayons, d'ailleurs, d'après les inscriptions que j'ai trouvées sur les pages de garde. C'était un grand lecteur, une sorte d'érudit, à ce qu'il paraît.

— C'est bien possible. Je me souviens d'un homme instruit, qui avait quelque chose d'un vieux sage, à nos yeux. Mais j'étais trop jeune à l'époque pour avoir avec lui des discussions d'ordre intellectuel !

L'abbé Déry hoche la tête en souriant. On lui avait beaucoup parlé du personnage, de son dévouement pour la paroisse, de la qualité de ses sermons comme de sa mort discrète sur le parvis de l'église. Il avait même ressenti une certaine pression à l'idée d'être l'un des successeurs d'un prêtre aussi charismatique.

— Voyez, dit-il en s'approchant des rayonnages, il s'intéressait entre autres aux Premières

Nations, à leur rapport à la spiritualité, aux échanges souvent tendus que les Amérindiens avaient sur ces questions avec les premiers colons et leurs prêtres catholiques. *Relations des Jésuites, Les Martyrs canadiens, Les Saints Jésuites canadiens* : plusieurs des titres que pouvait lire Thomas sur la tranche des volumes avaient trait à ces sujets, en effet.

* * *

Madame Couture, blanche à faire peur, est encore assise derrière sa caisse, à même le linoléum usé. C'est arrivé il y a vingt minutes maintenant, mais le choc a été si violent qu'elle reste prostrée, comme absente à la scène. Une autre employée est agenouillée auprès d'elle et lui parle doucement quand les policiers entrent dans l'épicerie.

Madame Couture est la première à l'avoir vu. Elle classait les billets dans le tiroir-caisse et s'apprêtait à prendre sa pause de 10 h 15 quand il a passé la porte, le teint plus gris qu'un mort, les cheveux hirsutes et les vêtements déchirés en plusieurs endroits. Il l'a aussitôt fixée, et pendant cinq secondes, les cinq secondes les plus terrifiantes de sa vie, elle en a été convaincue : son cœur allait flancher.

Le souffle coupé, la gorge trop nouée pour produire le moindre son, elle a regardé l'homme s'approcher en titubant. Puis des voix ont retenti derrière elle et tout s'est précipité.

— Pour l'amour du bon Dieu !

— Hein ? C'est pas croyable, ça !

On a entendu tomber des boîtes de conserve, dans une allée, l'une des clientes a hurlé à s'en briser les cordes vocales. La dizaine de personnes présentes à l'épicerie s'est rapidement approchée, gardant toutefois une bonne distance d'avec l'improbable visiteur. Puis monsieur Léonard, le propriétaire du commerce, s'est avancé plus que les autres, sanglé dans un tablier de boucher couvert de marques de sang, complétant l'invraisemblable tableau que les villageois n'oublieraient pas de sitôt.

— Veux-tu ben me dire d'où tu sors, Cyriac Nikolov ?

Huit

Les deux hommes s'assoient bientôt dans une sorte de boudoir adjacent à la bibliothèque, leur café à la main. L'abbé Déry, dont Thomas détaille le front haut, le regard clair, parle d'abord du cheminement qui l'a mené ici, puis de l'horaire qui est le sien, partagé entre trois paroisses.

— Les curés qui restent ne manquent pas d'ouvrage, vous savez ! Mais j'ai décidé de poser mes valises ici, c'est un peu mon quartier général…

— J'ai l'impression qu'on vous apprécie beaucoup à Saint-Denis, en tout cas.

— C'est gentil de votre part.

L'abbé Déry saisit alors une enveloppe, sur une petite table, et la tend à Thomas.

— C'est la photo dont vous m'avez parlé ?

— C'est ça. Les couleurs sont un peu passées, comme toujours avec les polaroïds, mais si je me suis pas trompé, vous allez vous reconnaître.

Thomas sort le cliché de l'enveloppe.

— Eh bien, vous avez vu juste, monsieur l'abbé ! Je reconnais aussi le petit Hugo, là c'est Steve, qui était mon grand ami à l'époque... Et puis à droite, ici, c'est... Mon Dieu, j'ai pas vu de photo de lui depuis si longtemps... Yannick Robert. Vous voyez qui c'est ?

— Bien sûr.

Thomas s'est tendu, il a blêmi, ce qui n'échappe pas à l'abbé Déry.

— Un souvenir douloureux, hein ?

— Oui. C'est que... Oui, Yannick était dans ma classe et... Disons que cet été-là n'a pas été facile.

— Dans votre classe ? Quelle affaire... Et puis ça a beau faire longtemps, la disparition récente de Cyriac Nikolov ravive forcément tout ça.

Thomas mentionne alors à l'abbé qu'il a vu Antonine Robert, peu de temps auparavant. Ce dernier fronce les sourcils.

— Vous êtes sûr de ce que vous dites ?

— Oui. Enfin, je l'ai vue d'assez loin, sans lui parler, mais je l'ai reconnue, c'était bien elle.

— Étonnant, ça. C'était ici au village ?

— Euh, oui... Près du cimetière, en fait. Je me suis dit qu'elle allait passer un moment sur la tombe de son fils. Tombe symbolique, ça va de soi.

L'abbé Déry paraît troublé.

— Monsieur Fontaine, je sais qui est Antonine Robert, on m'a parlé d'elle, mais je l'ai jamais rencontrée. On m'a dit qu'elle avait quitté le village il y a des années, en disant ne plus jamais vouloir remettre les pieds ici.

Les deux hommes se regardent, échafaudant mentalement des hypothèses.

— J'imagine, finit par dire l'homme de foi, qu'elle revient parfois en catimini, le temps de dire une prière à la mémoire de son enfant là où il a grandi.

— Pas impossible, répond Thomas d'une voix blanche, avant de se lever.

— Je vais y aller, je ne veux pas abuser. Merci encore de m'avoir montré ce polaroïd, ajoute-t-il. Il y a tout un monde de souvenirs qui s'y rattache, pour moi.

— Il n'y a pas de quoi. Conservez-le, il vous appartient plus qu'à moi.

Thomas sort du presbytère, les yeux rivés sur ce morceau de passé aux couleurs pâlies, entre ses mains.

Presque aussitôt, son attention est attirée par l'attroupement qui s'est formé devant l'épicerie, là où se croisent les deux routes principales de Saint-Denis-de-Brompton, sous le clocher impassible de l'église.

Thomas s'avance vers le groupe agité. Puis il le voit. Le choc est brutal. Une partie de lui voudrait se précipiter sur Cyriac, le prendre dans ses bras; une autre, qui a le dessus, l'incite à rester en retrait, comme s'il se sentait de trop parmi les Saint-Denisiens venant de retrouver « leur » Cyriac. Il finit par s'approcher un peu, les mains dans les poches de sa veste, le front plissé par l'incompréhension, vers celui qui polarise l'attention de tous. À commencer par les deux policiers présents, que Thomas reconnaît pour les avoir vus interroger des villageois dans les derniers mois. Ils soutiennent Cyriac, lui demandent comment il se sent, s'il a froid, s'il a faim. Il paraît très amaigri, ses vêtements sont en loques.

Les policiers lui proposent de l'emmener à l'hôpital pour évaluer son état. Mais il apparaît vite clair pour tout le monde qu'ils n'obtiendront de réponses à aucune de leurs questions : Cyriac a le regard vide, ses yeux balaient les visages qui l'entourent sans les reconnaître, et quand ils croisent ceux de Thomas, celui-ci ne sait s'il doit y lire du soulagement, de l'effroi, ou simplement l'abysse noir de l'absence au monde.

Neuf

— Ça va être un peu froid, madame Gagné.

Le ventre de Laure frissonne au contact du gel bleu. Elle cherche la main de Sébastien, assis à ses côtés.

— Merci d'être là. Tu imagines, je serais venue toute seule, sinon. Pis Thomas qui répond pas à son téléphone…

— Son rendez-vous devait pas être bien long, pourtant. Il a été retenu quelque part. Sûrement rien de grave, mais j'ai l'impression que papa va vivre ce moment par vidéo interposée, dit Sébastien sur le ton le plus rassurant possible, tout en activant sa caméra miniature.

L'obstétricienne, une femme large et souriante que Laure devine être d'origine haïtienne, commence le va-et-vient de la sonde, les yeux rivés sur son écran de travail.

— Tu sais d'où vient le mot *échographie*? dit

Laure d'une voix un peu éteinte en regardant Sébastien, pendant que les premières images apparaissent. D'Écho, nymphe des forêts et des sources. Dans la mythologie grecque, elle incarne le phénomène acoustique auquel elle a donné son nom. Elle aurait été punie par Héra, femme de Zeus, pour avoir inventé toutes sortes d'histoires dans le but de la détourner des amours cachées de son mari. La déesse lui a ôté la parole, ne lui laissant que le son produit par cette parole. L'échographie, c'est un peu…

Laure suspend le récit. Le froncement de sourcils de l'obstétricienne ne lui a pas échappé.

— Il y a un problème ?

— Ne vous inquiétez pas, madame Gagné. J'ai simplement un peu de mal avec mon appareil. Regardez, juste ici, on voit le petit cœur qui bat.

Sébastien s'est levé. Il serre les doigts de Laure, trop fort.

— Tu m'écrabouilles la main !

— Mais c'est le bébé, juste là. Ma filleule ou mon filleul ! Je vais savoir aujourd'hui, docteure ?

Laure scrute l'écran de ses yeux mouillés.

— Si j'arrive à avoir un bon angle de vue, oui. À condition que madame Gagné ait toujours envie de savoir, bien sûr.

— Oh, j'en suis plus certaine… Non, j'aurais

préféré que Thomas soit là. Vous nous direz plus tard.

— Quoi ? Moi qui voulais commencer à lui acheter des trucs, à ce il ou ce elle. Vous me le dites dans l'oreille, madame ?

— Même au meilleur parrain du monde, je ne le dirai pas avant de le dire aux parents, répond-elle en souriant.

Mais le sourire est préoccupé, Laure le devine.

— Ça doit être la position du fœtus, ajoute-t-elle comme si elle avait entendu penser la jeune femme. Je n'arrive pas à observer tout ce que je voulais observer. Ce qui n'est absolument pas grave à ce stade.

Elle adresse à Laure un sourire franc, maintenant.

— Une échographie est un peu comme… une voix dont on ne percevrait que l'écho. C'est ce que vous alliez dire, tout à l'heure, n'est-ce pas ?

— Euh, oui, c'est un peu ça.

— Eh bien, l'écho est quelque peu brouillé aujourd'hui, ce qui ne nous dit rien de la voix comme telle, si vous me permettez l'analogie. Chose certaine, vous portez bien un bébé, dont le cœur bat comme une montre suisse ! Je vais vous fixer un prochain rendez-vous d'ici quinze jours, on pourra compléter.

Toujours souriante, elle se tourne vers Sébastien et ajoute :

— Après, avec un peu de chance, le parrain gâteau pourra commencer à acheter des joujoux !

Je regarde les dessins que fait le vent à la surface du lac. Ces plis qui me font penser à la peau des plus âgés d'entre nous. Ils apparaissent, courent loin sur l'eau. Le lac a cent ans. Le lac a mille ans. Et puis le vent va son chemin et le lac est de nouveau sans âge.

Le temps fait la même chose au visage des aînés, mais le temps ne cesse pas de souffler. On ne revient pas en arrière. Sur le visage de ma mère, j'ai vu le temps courir trop vite depuis quelques lunes, comme Nolka en fuite. Elle s'arrêtait de plus en plus souvent pour se reposer, durant nos marches. Elle s'est mise à manger de moins en moins. Même les boissons aux herbes de Pannoowau, elle n'a plus voulu les boire. Elle avait trop mal au ventre.

Et puis hier ma mère est morte.

Elle m'a gardé longtemps contre elle sous le wigwam d'où elle ne sortait plus, elle m'a murmuré des mots que je ne comprenais pas. Sauf les bouts de cet air qu'elle me chantait depuis toujours.

Trois et quatre
Viens chanter avec la rivière
Viens voir tout au bout du courant
Les terres nouvelles où va Nolka

    Et puis ma mère est morte. Elle a rejoint mon père et tous les autres passés avant. Et je reste tout seul. Avec les autres mais tout seul.

Dix

— Celui-là, je te jure…

Laure vient de refermer son téléphone après avoir tenté en vain de joindre Thomas, à la sortie de la clinique.

— Où est-ce qu'il peut bien être? demande Sébastien.

— Il devait passer prendre quelque chose au presbytère de Saint-Denis, imagine-toi. Une vieille photo de lui que le curé avait retrouvée.

— Ah, c'était ça le rendez-vous…

— Oui. Une affaire de dix minutes, je comprends pas.

— Tu veux qu'on l'appelle, ce curé?

Laure hésite une seconde.

— Peut-être un peu plus tard, si on n'a pas de nouvelles. Je peux pas croire qu'il se soit éternisé là. Il a peut-être simplement eu du mal à retrouver la clinique, il est venu une fois seulement. Et la pile de son cellulaire est à plat, comme d'habitude.

Mais, Sébastien le voit bien, dans l'immédiat c'est moins à Thomas qu'elle pense qu'à autre chose.

— Ça va aller ?

Elle étire un sourire qui dissimule mal son inquiétude.

— Ça va aller. On s'en fait facilement pour ces petits oiseaux qui nous poussent dans le ventre, tu sais. Bon, je vais aller travailler un peu.

— Sûre ? Tu devrais peut-être prendre congé pour l'après-midi. Tu veux qu'on aille manger un morceau ?

— Non, non, merci Sébastien. J'ai un lunch, et il y a pas mal de classement à faire à la bibliothèque. De toute façon, je préfère occuper mon esprit plutôt que de tourner en rond à m'inventer des scénarios. Je me sens bien, promis.

— Comme tu veux. Moi je vais aller prendre un sandwich au centre-ville, tenter de retrouver un peu de mes jeunes années dans un café que je reconnaîtrai sûrement pas. Après ça je vais rentrer à Saint-Denis, essayer de voir où ton chum s'est pris les pieds.

— T'es gentil. Dès qu'un des deux a des nouvelles, on s'appelle, OK ?

— OK. À plus tard, Laure.

* * *

L'attroupement s'est peu à peu clairsemé devant l'épicerie, après que les policiers eurent emmené Cyriac Nikolov. Il va certainement passer quelques jours à l'hôpital, a fait comprendre l'un d'eux aux villageois, et chacun doit s'attendre à être éventuellement interrogé sur les circonstances de ce retour inespéré.

« On n'en saura pas beaucoup plus avant plusieurs jours », se dit Thomas en démarrant, d'une main tremblante, sa voiture stationnée non loin.

Avant de repartir, Thomas était allé cogner à la porte du presbytère. Il voulait annoncer lui-même l'improbable nouvelle au curé, mais celui-ci n'avait pas répondu.

L'abbé Déry était bien chez lui, pourtant. Après le départ de Thomas, troublé par ce qu'il avait appris au sujet d'Antonine Robert, il était retourné dans le boudoir, avait réfléchi un moment, debout au centre de la petite pièce, le regard dans le vague. Il avait alors extrait des rayons quelques-uns des livres de l'abbé Théorêt, puis s'était calé dans son fauteuil préféré. En les feuilletant, il avait été étonné du nombre d'inscriptions dans la marge, annotations témoignant d'idées assez arrêtées sur les choses de la foi. Quand les coups avaient retenti à la porte, il ne s'était pas levé, préférant poursuivre sa lecture. « Sans doute quelqu'un venu m'entretenir d'un projet de mariage ou me demander d'organiser une messe à la mémoire d'un défunt, s'était-il dit. Je m'en occuperai plus tard. C'est bientôt l'heure du dîner, après tout. »

* * *

Une fois entrée au Mont Notre-Dame, où trois élèves aux jupes identiques la bousculent en s'excusant à peine, Laure tente une fois encore de joindre Thomas. Sans plus de résultat.

Elle entre dans la bibliothèque, une ancienne chapelle centenaire. Comme chaque fois, l'endroit l'apaise. Elle remercie la collègue qui l'a remplacée en matinée, puis va déposer ses effets dans le petit bureau du fond, dont elle ferme la porte derrière elle. Son ventre est lourd soudain, ses chevilles molles. Elle s'assoit dans un fauteuil de bois posé en coin et décide de manger là plutôt que dans le salon du personnel. Elle a envie d'être seule un moment avant de s'attaquer à toutes ces piles de livres et de manuels en attente de classement.

Son regard se pose sur la couverture vert foncé d'un livre abandonné là il y a quelques jours, sur une table basse. *Imaginaire abénaquis,* qu'elle avait repéré sur les rayons et commencé à feuilleter en prévision d'une de ces joutes avec Thomas, portant sur l'histoire de la région. Elle ouvre le document écorné à la page marquée d'un signet et poursuit là où elle avait laissé.

* * *

Sans se préoccuper le moins du monde de la pile à plat de son téléphone, Thomas regagne La Chalande. Il agrippe sur le comptoir une bouteille de rouge entamée, qu'il ouvre d'un geste sec, et prend une coupe dans le vaisselier avant de monter dans son bureau.

Debout devant la fenêtre, un verre trop plein à la main, il observe la glace qui couvre encore le lac et dont la couleur à cette période glisse vers un gris profond, peu avant que ne soient libérées les eaux. « Le même gris qu'a aujourd'hui le ciel, très exactement », se dit Thomas en avalant une longue gorgée.

L'alcool irradie dans ses veines, il a bientôt bu ce qu'il restait de la bouteille. Le vin laisse dans sa gorge cette douce morsure qu'il a tant cherchée autrefois, avant que Laure n'entre dans sa vie, avec ses meilleures habitudes et ce visage fermé, tombé de biais, qu'elle oppose aux excès et qui les décourage.

Il sait qu'il devrait résister à la soif. Il a une pensée pour l'échographie, qui doit avoir eu lieu un peu plus tôt. Il sait qu'il devrait prendre des nouvelles de Laure et de leur enfant, sait qu'elle sera furieuse de son absence de la clinique. Il sait surtout qu'il devrait mettre de l'ordre dans les pensées parties à la dérive dans sa tête, comme les morceaux de glace de fin d'hiver, sur les eaux, tristes glaçons qui ne vont nulle part.

Thomas a le réflexe de s'extraire du gris avant d'y sombrer tout à fait. Il marche vers le bureau et se laisse tomber sur sa chaise de travail, fixant les hautes piles de papier qui entourent l'ordinateur, comme si une clé pouvait y être glissée. Il entreprend de relire les plus récentes pages de son scénario quand un bruit, venant d'en bas, vient heurter sa conscience.

* * *

Laure n'a pas bougé depuis vingt minutes. Ses yeux courent sur les mots. Tout un monde se déploie au creux de son esprit, des images qui l'entraînent loin de ce lieu, loin de ce temps. Des légendes d'une sombre beauté, une en particulier, une histoire dont elle n'a jamais entendu parler, mais qu'elle a l'impression de connaître déjà.

Des chants, qui prennent source au creux de la gorge. Des scansions, des rythmes, le son que font mille petites pièces d'os et mille cailloux cognés ensemble. Puis de plus gros cailloux, des roches qu'on apporte une à une en les tenant à la hauteur du cœur. Une quinzaine, disposées en cercle sur le sol.

Puis c'est le cuir des bottes contre les feuilles mortes qu'on entend. Le bruit multiplié par dix, par vingt, des bottes qui heurtent la terre et l'éveillent, dans une ronde autour des pierres au sol. Les chants s'intensifient, s'accélèrent. Les hachures du rythme se liquéfient dans l'enchevêtrement des voix. C'est un chant filé, continu, qu'entendent les urubus venus tournoyer au-dessus du clan, très haut, flairant quelque chose d'inhabituel. Quelque chose qui n'est pas l'odeur d'un castor dont les chairs ont commencé à être visitées par les vers, mais qui les excite au moins autant.

Les urubus n'approcheront pas. Ils poursuivront leur ronde lointaine, inquiète soudain, dans ce vent qui s'est levé violent et qu'ils ne reconnaissent pas.

Tout en bas les hommes se sont tus. Les voix

qu'on entend sortent du roc, sortent de la terre, et ce qui n'était plus est de nouveau devant les êtres debout autour du nid de pierres.

L'esprit de Laure bifurque. Une douleur aiguë, au ventre, lui fait lever les yeux. Il n'y a plus de mots imprimés, plus de légendes anciennes, que cette crampe qui avale tout. Le bébé. Y a-t-il quelque chose d'anormal avec le bébé ? L'inquiétude part en vrille, ses yeux mobiles vont dans tous les sens. Et si… Mais la vague retombe. La douleur s'atténue. Ça va, c'est normal d'avoir ce genre de crampe de temps à autre. Un déplacement du fœtus, un organe un peu comprimé. Ça va.

Le livre est toujours ouvert. Laure apaisée repart vers autrefois.

Onze

L'écriture est précise, particulièrement serrée. Ici, l'abbé Théorêt s'émeut de la torture subie par ceux qui allaient passer à l'histoire de la Nouvelle-France comme les « saints martyrs canadiens », ces six missionnaires jésuites – dont Jean de Brébeuf – et ces deux laïcs qui, au XVIIe siècle, ont été torturés, puis mis à mort par les Iroquois.

« Brébeuf a été battu sauvagement. Ses jambes et ses bras ont été dépecés, aspergés d'eau bouillante. Pendant tout ce temps, jusqu'à ce que ses bourreaux ne lui trouvent la poitrine pour en arracher son cœur encore palpitant, il ne cesse de prier Dieu calmement, à voix haute. Le Père vraiment est tout-puissant. »

L'abbé Déry doute que sa foi à lui aille jusque-là.

Ailleurs, l'abbé Théorêt commente les rituels de tribus anciennes, aux quatre coins du monde, ayant lieu autour de cercles de pierres dits magiques. « Cromlech de Stonehenge, formes circulaires du désert de Gobi… Loin des lumières du christianisme, on observe de l'Écosse à la Polynésie le même projet archaïque d'une ouverture à même le sol sur le monde des esprits. »

D'autres coups à la porte. L'abbé Déry choisit d'aller répondre, cette fois. Il pose le livre au pied du fauteuil.

— Monsieur le curé, vous croirez pas ce qui vient d'arriver…

Un petit groupe de villageois hors d'haleine lui font face. Ils parlent tous en même temps, mais il saisit l'essentiel : l'inexplicable réapparition de Cyriac Nikolov. Il pose la main sur l'épaule de quelques-uns, voudrait les apaiser, mais il est bouleversé lui aussi. Il met quelques secondes à trouver le ton juste, à prononcer les paroles qu'on attend d'un homme comme lui.

— L'important, dit-il enfin, c'est qu'il soit revenu, qu'il ait retrouvé le chemin de la maison.

— Oui, monsieur l'abbé, mais imaginez-vous : ça fait pas loin de trois mois qu'il est dans le bois ou je sais pas où. Si vous aviez vu sa tête, noire comme celle d'un ramoneur, et pis ses yeux creux, vides on aurait dit. Je suis pas sûr qu'il nous ait reconnus…

— Je comprends, Gilbert. Mais on a retrouvé

notre Cyriac, réjouissons-nous de ça, tempère-t-il avant de se laisser entraîner chez Rose Pizza, qui va certainement se transformer pour quelques heures en assemblée paroissiale spontanée.

* * *

Sébastien fixe Thomas d'un regard où luttent le reproche et l'inquiétude. En apercevant son grand frère en haut des marches, alors qu'il allait s'engager dans l'escalier, il a eu un brusque mouvement de recul. Mouvement de surprise, d'abord, parce qu'il avait eu l'impression, en entrant dans la maison parfaitement silencieuse, qu'elle était vide; mouvement d'incompréhension, ensuite, tant était vif le choc de le trouver dans cet état, les yeux voilés, le cheveu en bataille, un ballon de rouge à la main.

Un lointain souvenir éclate dans sa conscience. Sébastien a onze ou douze ans. Il s'est levé très tôt, ses parents dorment encore quand il descend les escaliers, sa vieille couverture de *Star Wars* autour des épaules, puis sort par la porte de derrière, celle qui donne sur une pelouse broussailleuse bordée par les champs. Il y a là les vestiges de leur carré de sable, à son frère et à lui, abandonné quelques années plus tôt et que les pissenlits achèvent d'envahir. Il y a un filet de badminton au centre duquel, ce matin-là, une vaste toile d'araignée chargée de rosée scintille comme un diadème. Et il y a, en angle au fond à gauche, l'incontournable structure « balançoire à une place – balançoire à deux places – anneaux d'acrobate en plastique – barre d'exercices » qui, dans les années 1980, semblent pousser à même le sol des cours arrière nord-américaines.

Sur la balançoire à une place, au petit matin de ce lointain jour de juin, Thomas se balance imperceptiblement, les yeux fermés, le visage collé à l'une des chaînes de soutien.

« Ah, Thomas s'est levé encore plus tôt que moi », se dit Sébastien. Il marche vers son frère, jusqu'à se trouver à un mètre de lui. « Est-ce qu'il se serait rendormi là ? »

— Thomas ?

Dans quel ordre les choses s'étaient passées ensuite, Sébastien ne s'en souvient plus. Son frère avait-il d'abord ouvert des yeux effrayés, injectés de sang, avant de hurler « Va-t'en ! » et de régurgiter un jet brunâtre qui avait souillé le bas du pyjama de Sébastien ? Avait-il vomi d'abord, avant même d'ouvrir les yeux et de crier ?

Chose certaine, Sébastien avait assisté sans le savoir au premier lendemain de veille de Thomas, et en courant vers la maison sans se retourner, paniqué, il avait été traversé par une violente intuition : la première page de leur relation venait d'être tournée. Ce modèle à suivre qu'incarne pour un gamin son frère aîné, superhéros à casquette, avait commencé à se fendiller à ce moment précis.

Du haut des marches, un regard semblable à celui d'alors le scrute en silence, jusqu'à ce que Sébastien ne rompe l'étrange moment.

— Tu… travaillais ? Je dérange ?

— Écoute, j'ai besoin d'être seul, je retourne à mon clavier et on se voit plus tard, OK ? Je te laisse le rez-de-chaussée.

Le temps se mord la queue. Sébastien se souvient de toutes ces fois où il était resté seul à la maison avec Thomas, et où celui-ci avait *divisé* la maison en deux. « Je prends le haut ; toi, tu restes en bas. »

— Au fait, si jamais l'échographie que ta blonde a eue en matinée t'intéresse un peu, je peux te donner des nouvelles. J'étais là.

Regard fielleux en haut des marches.

— Sébastien, du plus loin que je me souvienne, t'as jamais pu t'empêcher bien longtemps de faire chier.

— Thomas, du plus loin que je me souvienne, t'as souvent couru après…

Le regard de l'un vissé dans celui de l'autre, les deux frères mènent une lutte qui se passe maintenant de mots. Une minute entière s'écoule pendant que l'un et l'autre sont assaillis d'images des fois où ce type d'affrontement a mal tourné, se terminant par un œil au beurre noir ou une chemise déchirée. Chose rare au pedigree de leur rivalité fraternelle, la détente vient de Thomas, qui s'assoit sur la plus haute des marches et détourne les yeux vers la lucarne qui éclaire les escaliers.

— T'es au courant de la nouvelle? Cyriac Nikolov est sorti de nulle part aujourd'hui, l'air perdu, sans donner aucune explication.

Sébastien porte une main à son front.

— Quoi? Après tout ce temps? C'est incroyable.

— Incroyable, oui, répète Thomas avant de vider son verre d'un trait.

Sébastien s'est assis à son tour. Le visage appuyé contre la rampe, Thomas se dit qu'il a l'air, pour la première fois, réellement préoccupé par la situation. L'aîné en profite pour énumérer tout ce qu'il a observé ces derniers mois, les interrogations qui l'habitent, les rêves qu'il fait et qui l'éloignent de Laure comme de son scénario. Il en dit plus qu'il n'en a jamais dit à Laure. Le débit est continu, il parle longuement, mais de moins en moins fort. Sébastien en vient à se demander s'il ne l'a pas oublié, s'il n'a pas glissé dans une sorte de songe éveillé. Mais soudain Thomas le fixe intensément.

— Tu me crois, hein, petit frère ? Va falloir tirer ça au clair.

Sébastien incline la tête et expire bruyamment.

— Tirer ça au clair, oui. Mais tirer ça au clair, ça veut d'abord dire être un peu raisonnable, Thomas. Il s'est passé des choses étonnantes, OK, il y a une suite de coïncidences dans ton récit, OK, mais ça s'arrête là.

Thomas expire fort, à son tour. Par réflexe, il approche de ses lèvres le verre vide, puis se souvient qu'il a déjà touché le fond de la deuxième bouteille.

— Attends, dit Sébastien en levant une main vers lui, paume ouverte. Je veux simplement dire qu'il y a chaque fois une façon logique d'expliquer ce qui s'est produit.

— Logique ?

— Logique, oui. Un enfant qui disparaît et dont on retrouve jamais la trace, ça arrive, malheureusement. Le vieux Cyriac qui s'éclipse pendant des mois pis qui réapparaît, c'est inhabituel, mais on va sans doute découvrir qu'il a eu un accident vasculaire cérébral, ou un truc du genre, qu'il a eu le réflexe de s'enfermer dans une cabane de chasseur Dieu sait où pis qu'il a réussi à survivre tout ce temps-là. C'est un bon pêcheur, non ? Arrête de toujours…

Sébastien ne termine pas sa phrase. Le verre qui vient d'éclater sur le plancher de bois, à quelques centimètres de sa chaussure et dont les éclats tintent jusque dans le salon, a mis un terme net à la discussion.

— Ostie de malade ! hurle Sébastien en repassant la porte de La Chalande.

J'ai peur. Je ne pensais pas avoir cette boule de feu au ventre, mais tout va si vite, il vente si fort déjà. J'ai suivi les étapes une à une, je me souvenais de tout. Chaque geste, chaque chant, la façon de poser les pierres, d'agiter le hochet rempli de grains de maïs. J'ai fait le tour du nid trois fois en dansant, pas plus. J'allais continuer, mais le vent s'est levé. Beaucoup plus tôt que la fois où j'ai vu les grands le faire. J'appelle ça le vent, mais c'est autre chose, qui me traverse et qui traverse les arbres et la terre.

Même si je voulais partir, je ne pourrais plus. On dirait ce courant fort qui me fait tomber sur les genoux, au début de l'été, quand j'entre dans la rivière avec un harpon pour aller pêcher la ouananiche.

Une brume flotte là, je ne vois plus le sol au centre, la forêt se penche sur moi et j'entends, j'entends… Est-ce que c'est possible? J'entends…

Douze

Laure se demande si Thomas a pu découvrir cette histoire avant elle. Non, il lui en aurait parlé. Il en aurait fait un épisode de leurs soirées à se raconter des légendes auprès du feu. Elle est irrésistible, celle-là : il ne l'aurait pas gardée pour lui. Ces cérémonies au fond des bois, où des hommes et des femmes appellent ceux passés avant eux, les ancêtres qui ont tracé les chemins, qui ont vécu, chassé, enfanté, avant de retourner à la terre et aux ombres. Cette porte sous les pierres qui permet, quand l'esprit se rend entièrement disponible, quand le rituel est respecté, de parler aux morts et de les entendre.

Laure connaissait les tentes tremblantes, ces wigwams qui se mettent à danser violemment quand un sorcier y entre et convoque les anciens. On trouve de nombreux récits où il en est fait mention. Des missionnaires européens ont juré avoir assisté à ces scènes défiant les lois physiques.

Mais ces points de communication ouverts pendant un moment bref, où chacun commerce avec ses disparus, elle n'en a jamais entendu parler.

Ses yeux courent, des images d'hommes et de femmes en transe tournoient dans sa tête. Son visage est déjà pâle quand elle entame un paragraphe où l'auteur expose le fragile équilibre du passage, parle de ces cas où le nid, *épuisé* par un usage excessif ou malveillant, laisse filtrer un courant mauvais, que rien ni personne, et pas même le temps, ne saura inverser.

Elle jurerait sentir ce courant frôler sa peau. Elle a froid, elle a chaud. Une intuition insoutenable la remue tout entière, affole son cœur. Une vision lointaine, tapie au fond d'elle-même.

Laure sent des perles de sueur descendre entre ses seins gonflés, au moment précis où le pépiement de quelques élèves entrant dans la bibliothèque la ramène au temps présent. Mais les sons s'éloignent, elle étouffe, et quand la douleur se loge de nouveau en elle, dans sa poitrine cette fois, comme une flamme qui aurait enfin trouvé de quoi s'élever haut et qui ne lâchera plus sa proie, elle bascule dans un noir absolu, où plus rien ne l'atteint.

* * *

Un quart d'heure après le départ de Sébastien, Thomas descend les marches en titubant, le regard fiévreux. Il entend des morceaux de verre se briser sous les semelles de ses chaussures, mais ne s'arrête pas. Il émet un grognement en voyant que les clés de la Subaru ne se trouvent pas sur leur crochet habituel, puis se dit qu'il a dû les laisser sur le contact et sort sans refermer la porte derrière lui.

Les clés étaient là, en effet. La Subaru s'élance bientôt sur le chemin Gaulin. Par moments, un éclair traverse la conscience de Thomas. Sa main fouille la poche gauche de sa veste, où il glisse d'ordinaire son téléphone. Il sait qu'il devrait donner signe de vie à Laure. Il trouve enfin l'appareil, le fixe quelques secondes, puis renonce et le lance sur la banquette arrière.

Il la voit au dernier moment. Une fillette, cinq ou six ans. Elle descend une cour inclinée, à droite, lancée sur une trottinette orange. Elle ne se méfie pas : les voitures ne roulent pas vite à cet endroit. Thomas donne un coup de volant, la Subaru effleure l'enfant, dont les yeux affolés se fichent dans les siens avant qu'elle ne tombe à la renverse. La Subaru va plonger dans le fossé du côté opposé, mais Thomas parvient in extremis à la ramener sur la chaussée. Dans le rétroviseur, la fillette se relève ; elle devrait s'en tirer avec une bonne éraflure, et la peur de sa vie.

Thomas ne s'arrête pas. Il appuie plutôt sur l'accélérateur. Son esprit pointe dans une seule direction, obtus. Sur la route principale qui descend vers le village, il roule droit malgré l'ivresse. Ne pas ralentir. À l'intersection principale, le feu passe au jaune, mais encore là il ne s'arrête pas. Le feu est rouge quand il arrive à la hauteur de l'église. Il aperçoit une voiture de police dans l'entrée de l'épicerie, mais elle n'est pas occupée. Les policiers doivent interroger des gens par rapport à l'affaire Cyriac. Il n'aura pas d'ennuis.

Le souffle commence à lui manquer alors qu'il coupe le moteur, dans l'entrée du chemin de terre qui conduit au dépotoir. En s'enfonçant à pied dans la forêt, Thomas sait qu'il n'y échappera pas, que sa respiration va se faire de plus en plus difficile, que la douleur va mordre ses poumons. Mais il réfléchit mal, il marche vite dans les herbes jaunes et les restants de neige qui suintent. Il n'arrive pas à écarter toutes les branches, plusieurs lui giflent le visage.

La douleur est bien là, l'air siffle dans sa gorge. Quand il aperçoit le ventre-de-bœuf, dans un rai de lumière, il croit respirer du sable, du feu. Puis ses jambes le lâchent et il s'affale contre la boue encore à demi gelée.

Le mal paraît lointain maintenant, ses poumons à court d'oxygène luttent loin, très loin de sa conscience qui flotte. Ailleurs. Il a onze ans. Ses parents, son petit frère et lui sont assis dans l'herbe derrière la maison. Sa mère pose des tranches de jambon sur du pain, elle leur tend des sandwichs, à Sébastien et à lui, elle sourit de ce large sourire qui creuse une fossette sur sa joue droite, pendant que son père fait un solo de batterie sur des bouteilles d'Orange Crush avec des couteaux de plastique. Tout le monde rit sauf Sébastien, qui croque dans son sandwich, l'air absent. Sébastien qui a quinze ans maintenant, et dont les cheveux gominés luisent dans le soleil féroce. Sébastien dont le regard fuit quand le père lui demande s'il va oui ou non leur présenter une blonde un jour. À neuf, quinze ou vingt ans, Thomas sait pour son frère. La différence, le cœur qui se serre chaque fois qu'on parle de filles et de garçons qui vont main dans la main.

Une nuit glisse à vive allure sur la cour arrière, puis le soleil éclate de nouveau. Le père n'a plus beaucoup de cheveux, la mère a cette lumière cassée au fond des yeux, qui apparaît chez plusieurs au mitan de la vie et qui met du gris sur tout son être malgré la jolie robe d'été, la coupe de cheveux à la mode et la fossette, à la joue droite. Sébastien n'est plus là, et Thomas commence à se sentir à l'étroit ici, en dépit de ce ciel immense par-delà l'horizon dentelé d'épinettes.

Une encre noie la scène, laisse émerger des figures noires. Le visage du père, éteint, les yeux fermés, celui de la mère, tendu dans un cri. Les ténèbres pulsent, Thomas entend des dizaines de voix, connues et inconnues. Un enfant marche dans le sombre, toute son attention tournée vers la chenille qui ondoie sur son index. Il passe sans regarder vers Thomas mais, derrière, une silhouette apparaît qui le fixe. L'image est monochrome, brumeuse. Il reconnaît aussitôt, oui c'est bien elle, immobile et légère, Laure adossée à la nuit.

Thomas tend les bras et marche vers elle, mais les reflets se fragmentent, les formes se dilatent. Dans les bras de Laure sommeille maintenant un petit être nu et blanc, dont les paupières dévoilent en s'ouvrant non pas des yeux, mais deux ouvertures sur un ciel percé d'étoiles.

Un spasme violent secoue le corps de Thomas, qui l'arrache à ces visions plus pénétrantes que le réel.

Sans le voir je ressens les bras de mon père s'enrouler autour de moi, comme le plus chaud des serpents. Tous mes membres se relâchent et je m'abandonne à ce bien-être profond. Je lui raconte pour Nolka, le chevreuil, la viande que j'ai découpée sans trembler, dans le tiède du ventre, pendant que derrière la voix de ma mère, celle qu'elle avait quand j'étais tout petit, avant que le temps ne l'use comme la rivière use les pierres, chante de nouveau les mots qui éloignent les mauvais rêves.

Un et deux
Dessine le feu sur le froid
Le printemps court
Éveille tout autour de nous

Trois et quatre
Viens chanter avec la rivière
Viens voir tout au bout du courant
Les terres nouvelles où va Nolka

Cinq et six
La lune brille sur tes rêves

La sève a pris son chemin lent
Au matin l'arbre sera nu

Sept et huit
Le ciel a embrassé la Terre
Après l'hiver tout recommence
Tout recommence après l'hiver

Épilogue

Mai 2011

La suite de cette histoire est trouée. Trouée comme ma vie. Entre ce que j'ai vu de mes yeux, ce qu'on m'a raconté, ce que j'ai imaginé en collant les morceaux, il y a un tableau qui ressemble à une vérité, sans doute, mais je me sais réduit à douter de pans entiers de cette vérité. Tellement de choses ne se sont pas passées comme prévu, tellement de repères ont volé en éclats.

C'est une histoire faite de quelques évidences et de beaucoup de si. Je sais devoir l'écrire, coûte que coûte et même si elle doit rester à jamais inachevée, sans quoi La Chalande et les cœurs qui y battent encore seront condamnés à errer sans cap sur des eaux peuplées de fantômes. Les bateaux à fond plat ne sont que des coquilles de noix quand la tempête se lève, à la merci de forces qui s'en emparent et les ignorent.

Mon récit revisite cette fin d'hiver 2006 où, en quelques heures à peine, notre univers a basculé d'un bonheur fragile à une saison de vents furieux et de questions vastes comme des nuits. Il fut un temps où Laure m'aurait dit de me méfier de mon imagination, mais il faut bien retrouver le fil de cette trame déchirée.

Nommer tous ces morts autour de moi.

Dans ce récit je m'adresse à toi, Sébastien. Pourquoi es-tu parti ce jour-là ? Où es-tu allé ? Pourquoi t'être éclipsé au moment précis où notre monde éclatait ?

Jamais je n'ai eu autant besoin de toi. Besoin de toi, oui. Ma vie est en ruine, mon enfance en poussière. Ne reste personne avec qui parcourir ces ruines-là pour en faire l'inventaire. J'aurais pu comprendre ton besoin soudain de te trouver loin de moi, loin d'ici, après ce qui est arrivé entre nous. Mais que ton silence dure, maintenant que tu ne peux pas ne pas savoir ce qui a suivi ton départ, me laisse avec des questions vertigineuses.

Tu n'as jamais remis les pieds à Edmonton. Tu as tout laissé en plan, là-bas. On a fouillé ton appartement, on a scruté tes opérations bancaires, tes relevés téléphoniques. Les dernières traces qu'on ait de toi, ce sont le retrait massif de liquidités effectué à un comptoir bancaire de Montréal, juste avant que tu ne te volatilises, et ce billet d'avion pour le Mexique, payé comptant. C'était il y a cinq ans. Depuis, rien.

Le Mexique. J'ai pensé que tu avais voulu te rendre là où nos parents ont perdu la vie, précisément à l'angle de la costera del Golfo et de la calle 46, à Valladolid, là où un camionneur, sans doute ivre – l'enquête a été bâclée, les témoins se sont contredits : nous ne le saurons jamais –, a embouti leur voiture et les a tués sur le coup. J'ai pensé qu'il t'importait de voir, tu ne serais pas le premier à avoir eu ce genre d'idée fixe, le grain de l'asphalte qui a bu leur sang quand ils sont partis en laissant vive la plaie entre eux et toi. Ce vieux malentendu, qui a éclaté au présent en même temps que le verre de vin stupidement lancé vers toi, Sébastien. Ce malentendu que j'avais provoqué.

J'avais vingt-trois ans, toi vingt et un. Tout avait commencé par une escalade de méchanceté parfaitement puérile. Je ne me souviens plus du déclencheur, preuve qu'il était vain. Risible en regard des conséquences. Mais je me souviens qu'il nous avait conduits à dire aux parents du mal l'un de l'autre. Tu m'avais décrit devant eux comme un vaniteux passant le plus clair de son temps la tête dans les nuages, et comptant sur les autres pour s'acquitter des bas impératifs du monde matériel ; je t'avais dépeint en retour comme un être superficiel, qui ne faisait jamais rien sans attendre quelque chose en retour. Notre petite guerre avait pris de l'ampleur jusqu'à ce qu'un jour, j'exagère beaucoup ton penchant pour la fête et les histoires sans lendemain, laissant entendre en ton absence que tu menais une vie de dépravé. Que ce que tu consommais et faisais de tes nuits, ils n'auraient pu supporter d'en connaître le quart. « Je sais pas ce qui lui arrive. Un vrai *junkie*, d'après ce qu'on me raconte. S'il nous revient pas avec le sida, faudra parler de miracle. Mais je vous en dis pas plus ; maman, tu veux pas savoir… »

Je m'entends encore dire ça. Une caricature de toi, un mensonge qui avec leur mort s'est ouvert comme un abîme parce que toute ta vie, si tu es encore parmi nous, tu te diras que tes parents sont morts avec cette idée de toi. Et moi, j'aurai à jamais dans la bouche le goût de fiel que ces paroles y ont laissé.

Il y a de quoi me détester, je sais. Mais il y a forcément davantage. Tu aurais dû revenir. Qu'as-tu fui ? Que refuses-tu d'affronter de ce qui a été mis au jour ce printemps-là ? Pourquoi être venu à

Saint-Denis, au fait ? Les suppositions font plus mal que tout ce que tu aurais pu me confier.

Il y a quelques mois encore, je n'aurais pas cru que, dans ce nœud d'arcanes qu'est devenue ma vie, ta disparition à toi allait prendre autant de place, faire encore plus de bruit que les autres. Il n'y a plus que les mots pour jeter des passerelles au-dessus des pourquoi.

Je suis retourné voir l'abbé Déry plusieurs fois, dans les semaines qui ont suivi l'impensable. J'ai trouvé auprès de lui une oreille attentive, une compassion réelle, sobre. Il sait l'inutilité des formules creuses, celles qu'on me sert à longueur d'année. J'ai discuté avec lui de Cyriac, dont j'ai pensé naïvement qu'il avait rapporté une clé du néant où il a séjourné. Si clé il y a, elle demeure emmurée avec lui dans cette chambre, dans ce lit où il gît depuis des mois et où ne le sépare plus de la mort qu'une respiration sifflante.

Auprès de Déry, j'ai aussi nourri mes interrogations, par un moyen que je n'aurais pas pu soupçonner : les découvertes faites dans la bibliothèque du presbytère. Ces notes prises autrefois par l'abbé Théorêt, et surtout ce petit livre dont le titre m'a sauté aux yeux. Parce que Laure était en train de lire le même. On en avait trouvé un exemplaire à côté de son corps inanimé, dans sa main encore crispée. Le prolongement de nos histoires au coin du feu; le prolongement aussi, peut-être, de notre histoire à nous.

J'ai écrit, donc. J'ai remonté le temps. Loin. Remonté jusqu'à ceux qui ont joué où nous avons joué, nagé où nous avons nagé. Je leur ai donné vie avec, chaque fois que mes doigts se posaient sur le clavier, l'impression de toucher à des êtres de chair et de souffle. Une impression que l'écriture ne m'avait jamais procurée à un tel degré. J'ai suivi le fil d'une enfance oubliée, de ses élans et de ses drames. Je lui ai fait rencontrer la nôtre, par une pliure du temps et des sentiers.

Vérité ? Mensonge, encore une fois ? Histoire, en tout cas, qui apaise autant qu'elle fait mal, comme le couvercle refermé d'un cercueil.

Le vieil homme d'Église avait été formel : ce ne sont que des histoires. Les morts sont loin, on ne peut pas leur parler. Ce ne sont que des histoires, mais le garçon au regard lunaire avait écouté avec une attention inhabituelle chez lui, assis sur la galerie du chalet du curé, où il était venu avec un tout petit groupe, ce jour-là.

Tout avait commencé quand un des enfants avait évoqué le décès de sa grand-mère, deux semaines plus tôt. Le curé en avait profité pour aborder avec eux la question de la mort d'un proche. Les jeunes avaient été réceptifs un moment à ses propos empreints de gravité, mais ils avaient vite fait bifurquer la discussion vers un sujet plus attrayant, celui des « mystères d'autrefois », comme ils les appelaient. Ils étaient à l'âge où l'on est friand de ces mystères-là, et savaient que le curé était en la matière une source intarissable.

Le curé avait d'abord joué le jeu, amusé, glissant au détour d'une phrase :

— Nous, les chrétiens, nous acceptons de confier

nos morts au bon Dieu, nous savons qu'il les accueille dans son royaume. Mais ceux qui vivaient dans ces forêts avant l'arrivée des Blancs, les Abénaquis, avaient d'autres croyances.

— *Raconte, monsieur le curé... Raconte!*

— *Ah...*

Le vieil homme avait alors hésité. S'il était lui-même intéressé par toutes les voies par lesquelles les êtres humains avaient vécu leurs deuils au fil des siècles, à l'extérieur comme à l'intérieur de l'Église, il était conscient que son rôle auprès de ces jeunes n'était pas de leur apprendre les mœurs les plus étranges de la spiritualité amérindienne. Mais le regard avide et le sourire de ses quatre petits auditeurs l'avaient décidé à poursuivre.

— *Bon. Dans certains clans du peuple du soleil levant – c'est ce que veut dire leur nom,* waban a'Ki –, *on croyait qu'on pouvait, par un rituel, dans des endroits très précis dans les bois qui étaient pour eux des sortes de portes magiques, entrer en contact avec les morts.*

Suspendus à ses lèvres, les enfants ne souriaient plus.

— *Mais comment ils faisaient?*

— *Vous voulez vraiment le savoir?*

— *Oui!*

— *Je vais vous dire... Mais faudra pas faire*

de cauchemars, après, hein ? C'est rien qu'une histoire…

— Allez !

— Attendez-moi ici.

Le curé était entré dans le chalet et en était ressorti, peu après, avec un livre entre les mains.

— Écoutez bien, je vais vous lire quelques pages.

Il s'était raclé discrètement la gorge, puis avait entrepris la lecture d'une voix profonde, qui rendait son propos plus pénétrant encore qu'il ne le souhaitait lui-même.

« Des chants, qui prennent source au creux de la gorge… »

« Le bruit multiplié par dix, par vingt, des bottes qui heurtent la terre et l'éveillent… »

Dix minutes plus tard, le curé avait de nouveau douté. Les petits regards fascinés et inquiets, devant lui, laissaient entrevoir des nuits agitées. En même temps, l'idée ne lui déplaisait pas d'avoir semé dans les jeunes esprits des questions ouvrant sur les choses de la foi, celle qui sauve les âmes comme celle qui peut les perdre.

Quand les enfants avaient dévalé les marches de la galerie, encouragés par le curé à aller faire une partie de badminton, le garçon au regard lunaire était resté là, apparemment plus troublé que les autres. Le curé avait compris pourquoi et s'en était *voulu de s'être à ce point laissé entraîner par son récit.*

— C'est une légende, petit homme. Ce peuple du soleil levant, on lui a depuis enseigné qu'il n'y a qu'un chemin vers l'au-delà : celui de notre Seigneur, avait-il ajouté sur un ton qu'il voulait convaincant. Et nous savons, nous, que pour parler aux êtres chers que nous avons perdus, il faut d'abord les trouver dans notre cœur.

L'enfant ne l'écoutait qu'à demi.

— Va, cours jouer avec tes amis, avait dit le curé en passant dans ses cheveux une main affectueuse.

* * *

Peu après, cette histoire qui l'avait à plusieurs reprises empêché de trouver le sommeil lui était revenue à l'esprit, en plein jour cette fois. Le garçon de treize ans se trouvait alors avec cet autre garçon, de trois années plus jeune que lui, dont la chevelure couleur de feu le fascinait et auprès duquel il se sentait étrangement bien, depuis quelque temps. Tout au fond de la cour d'école, assis avec lui derrière un bouquet de frênes qui les dissimulait au regard des autres, il l'avait écouté raconter un échange entre son grand frère et son meilleur ami. Un échange qu'il n'aurait pas dû entendre.

Comme il le faisait à l'occasion, il s'était caché derrière une pile de vieux pneus, derrière chez lui, non loin de pierres plates où les deux autres s'assoyaient souvent pour discuter. Immobile dans l'odeur de caoutchouc et d'humidité, il avait entendu son frère parler de quelque chose qui était arrivé durant une des courses de motocross qu'ils faisaient régulièrement l'un contre l'autre. Le rouquin n'avait pas tout saisi, mais il avait été fortement marqué quand les deux amis avaient dit avoir eu « la chienne » dans une clairière près du dépotoir, à cause d'une boue « bizarre ».

Derrière le bouquet de frênes, dans la cour d'école, le garçon au regard lunaire ne s'était pas moqué de son excitation, de la peur qui semblait l'avoir contaminé, lui aussi. Il avait pris sa main une première fois, causant dans le ventre du plus jeune une vague de chaleur comme il n'en avait jamais connu, et avait murmuré :

— C'est une belle histoire. Moi aussi, j'en ai une à te raconter.

* * *

Cet après-midi-là, un mercredi, le rouquin a la permission de se rendre à vélo seul au terrain de baseball, où a lieu un entraînement de l'équipe dans laquelle joue son grand frère. Après que l'autobus scolaire l'eut laissé devant chez lui, il est entré dans la maison en trombe, a lancé son sac dans sa chambre, a bu un verre de jus et a vaguement salué sa mère avant de ressortir, celle-ci mettant son excitation sur le compte de la permission obtenue le matin même – il n'a encore jamais eu le droit d'aller aussi loin seul à vélo.

Le garçon passe bel et bien quelques minutes dans les estrades, mais il s'éclipse rapidement, n'attirant aucunement l'attention dans l'assistance clairsemée de parents et d'amis surtout intéressés par les exercices en cours sur le terrain. Il enfourche de nouveau son vélo et rejoint, de l'autre côté du village, son complice, qui a dit à sa mère, lui, être sorti pour observer les chenilles.

Quand le plus vieux des deux prend la main de l'autre une deuxième fois, pour l'entraîner plus loin dans les bois, celui-ci n'hésite pas à le suivre.

Les voilà loin du village. Le soleil est encore haut, sa lumière dorée rebondit dans les branches qu'agite un vent de plus en plus fort. Ils ont à peine parlé depuis qu'ils se sont engagés dans le sentier qui mène ici. Le plus jeune repense à l'assurance qu'a eue son ami quand ils ont fait le projet d'y venir – « Je sais où c'est, je suis quasiment sûr. » Cette petite clairière isolée, le garçon au regard lunaire l'a longée à quelques reprises, lui qui observe les insectes dans les environs, des heures entières. Clairière où vibre quelque chose de différent, ça, il le savait déjà.

Il sort alors de son sac à dos un hochet, un vieux jouet trouvé dans une boîte au fond du garage qu'il a évidé et rempli de grains de maïs, ceux que sa mère utilise pour faire du popcorn, avant de le sceller avec du ruban adhésif.

Quand ils se mettent à sautiller sur le sol comme les personnages du récit qu'a fait le curé, ce sont encore deux enfants qui jouent, agitant un sisiwan approximatif. Deux gamins ivres de tout ce qui pulse dans le vert printanier, ivres aussi des sèves nouvelles qui les parcourent quand ils sont ensemble tous les deux, de ce bonheur déployé comme les ailes d'un papillon. Le jeu, néanmoins, a quelque chose de grave, puisque l'un des deux a perdu son père. « Ah, si seulement il pouvait y avoir du vrai dans l'histoire », pense le plus jeune, qui se dit qu'il aurait alors fait à l'autre le plus beau des cadeaux.

Ce sont des enfants qui jouent et qui s'aiment jusqu'à ce que la lumière bondisse autrement dans le ballet des branches. Une première fois, puis une autre fois. Mais c'est surtout à l'intérieur d'eux-mêmes qu'ils le ressentent : les règles du jeu viennent de changer. La forêt entend leurs pas qui martèlent le sol, ils ont le sentiment de ne plus être seuls. Fascinés autant qu'effrayés, les deux garçons poursuivent leur danse, ils ont l'impression d'avoir toujours su comment se mouvoir autour de cet œil dans la terre, qui les regarde.

Le vent – ce qui ressemble au vent – pénètre leurs vêtements, pénètre leurs pensées. Ils ont envie de fuir, mais leurs membres ne répondent plus. Le plus jeune plonge ses yeux dans les yeux de l'autre, plus lunaires que jamais et où quelque chose comme un espoir commence à luire. Une pépite fichée dans la frayeur. Et si l'histoire disait vrai ? Et si son père était là, tout près ? Son père disparu si soudainement, il y a quatre ans. Son père qui l'avait initié au monde des insectes pour aussitôt l'y laisser seul.

Le vent souffle tellement fort maintenant qu'un tourbillon de feuilles s'élève haut dans les airs. On dirait que les formes alentour, les troncs, les branches et même les couleurs sont à moitié emportés par le courant.

Puis ça s'ouvre, comme une cheminée qui s'enfoncerait dans le sol.

Le plus jeune perd pied. Il est à genoux, les yeux plissés, les poings serrés contre ses tempes. Son ami, lui, est tout à fait paisible maintenant, un sourire qu'on ne lui connaît pas éclaire son visage. Puis il fait un premier mouvement vers l'avant.

La dernière chose à atteindre la conscience du

cadet, c'est la vision de l'autre avançant dans l'antre de vent et d'encre qui bouillonne au centre de la scène, puis le sifflement aigu qu'émet soudain le nid de pierres. Qui se referme.

Quand il revient à lui, le soleil est bas. Curieusement, sa première pensée va à l'heure qu'il est. Il doit rentrer au plus vite, sa mère va le chercher partout. Puis le drame le submerge. Ce qui vient de se produire, juste là. Son cerveau n'assimile pas tout, mais il n'a pas rêvé, de ça, il est certain. Hébété, il saisit le sisiwan tombé près de lui et s'approche de la faille close en effectuant les mêmes gestes qu'un peu plus tôt. Mais la séquence est frénétique, désordonnée. La forêt reste sourde à sa plainte, elle se replie sur un garçon nageant vers la voix retrouvée de son père.

Ils ont fait le rituel à l'aveugle, sans y croire vraiment et sans tout savoir. Sans savoir que la sortie doit être appelée, préparée autant que l'entrée.

Il tourne deux fois sur lui-même, hagard. Plus rien ne bouge autour de lui. L'instant d'après il court hors d'haleine vers son vélo, fuyant bientôt vers sa maison et sa chambre à coucher, où sa mère le trouvera peu après sous sa couverture de Star Wars, acceptant après un moment d'hésitation l'histoire d'une chute à vélo qui l'aurait laissé barbouillé, un peu étourdi.

Thomas éteint son ordinateur et descend au rez-de-chaussée. À la table de la cuisine, Éloi est au même endroit qu'une heure plus tôt, toujours aussi concentré sur l'immense feuille de papier sur laquelle il dessine des poissons, encore des poissons, des poissons sans arrêt, dans tous les sens, la tête en haut, la tête en bas.

À cinq ans, Éloi a presque la taille d'un enfant de son âge, mais il demeure maigre, et ne parle pas. Sait-il pourquoi il vit seul avec son père dans une grande maison isolée, qui craque sous le vent ? Comprendra-t-il jamais que sa mère a quitté ce monde avant même qu'il n'y entre, lui ?

Thomas parviendra-t-il à lui expliquer pourquoi personne d'autre ne reste de sa famille immédiate, sinon celui qui aurait dû être son parrain et dont personne ne sait dans quel coin du monde il a jeté l'ancre depuis sa disparition, il y a cinq ans presque jour pour jour ?

D'ici là Thomas est présent, du mieux qu'il le peut. Il accompagne Éloi dans son éveil aux choses qui l'entourent, à un rythme qui n'appartient qu'à lui. Jusqu'où s'éveillera-t-il ? Aucun spécialiste ne s'est prononcé sur ce point. De l'autre côté de cette distance qui le sépare du monde, il raisonne bien, semble-t-il. Alors Thomas fait de son mieux, entre deux de ces mandats de scénarisation qu'il n'accepte plus qu'à la pièce, refusant de s'engager à long terme, et surtout entre deux segments de l'hypothèse qui retient son esprit là-haut, à sa table de travail, et qu'il ne rédige que pour lui-même.

Pour donner corps à ce qui hante sa vie blessée.

Aux questions sans réponses.

Pour seul repère, le souvenir de Laure, logé comme une odeur dans le moindre interstice de La Chalande. Laure, qu'il jurerait sentir glisser dans l'eau à ses côtés quand il entre dans le lac et se déleste, pour quelques minutes, d'un peu de sa pesanteur et de la douleur de ne pas avoir été là quand son cœur a refusé de battre. Ce moment où elle aurait eu besoin de lui comme jamais.

Souvent, Thomas se rend devant l'urne posée sur un secrétaire ancien, dans cette pièce dont il a fait une sorte de boudoir. Il se penche, appuie son front contre la poterie froide et vide, et murmure quelques mots à son amour évaporé en espérant qu'elle comprend, de là où elle est, son geste d'il y a trois ans.

Ce jour de printemps où il a étalé ses cendres sur le ventre-de-bœuf, avant de planter un petit pin sur la terre apaisée.

Note de l'auteur

Le Nid de pierres *est une œuvre de fiction, mais toute ressemblance avec des personnes et des lieux réels n'est pas fortuite.* Saint-Denis-de-Brompton *est le village où j'ai grandi et, s'il serait hasardeux de me confondre avec le personnage de Thomas Fontaine, j'ai placé en lui une partie de moi-même et de mon enfance.*

J'ai beau avoir de Saint-Denis une connaissance intime, plusieurs lectures ont approfondi ma compréhension de ce coin de pays et de son histoire, la plus récente comme la plus ancienne. Je tiens à mentionner le livre d'Oscar Masse Mena'sen, le rocher au pin solitaire *(Dussault & Proulx, 1922) ainsi que le document* Légendes et Mena'sen, *publié en 2010 alors que l'organisme MURIRS (Murales urbaines à revitalisation d'immeubles et de réconciliation sociale) dévoilait, au cœur de Sherbrooke,* une grande murale consacrée à l'histoire de la région. Je me suis aussi inspiré du livre illustré Skok en sept temps, contes abénakis, de Sylvain Rivard (Éditions Cornac, 2012). Puisse-t-il voir d'abord dans mes emprunts une marque d'intérêt pour son travail.

Je remercie Nicole O'Bomsawin, qui a été, pendant dix-huit ans, la directrice du Musée des Abénakis d'Odanak. Cette figure importante du dialogue entre le Québec d'aujourd'hui et le Québec d'hier a bien voulu répondre aux questions concernant la culture abénaquise pour lesquelles je ne trouvais pas de réponses.

Grand merci à Frédéric Jean, porte-parole de la police de Laval, pour avoir accepté de lire ce texte et de me conseiller sur le plan de la logique policière. À Geneviève Thibault, qui a encouragé et accompagné la gestation du Nid de pierres, un amical merci, de même qu'à toute l'équipe du Boréal. J'adresse également mon affectueuse reconnaissance à Robert Lalonde, à Deni Béchard et à mon agent, Marc-André Globensky, ainsi qu'à Stéphanie Richard, qui m'a souvent vu disparaître sur le long sentier où ce roman s'est écrit.

Enfin, j'envoie la main aux amis d'autrefois, dont le souvenir trouve un écho dans ces pages. Marianne, Véronique, Sylvain, René, sans oublier Mario, qui m'a aidé à extraire mon motocross de ce ventre-de-bœuf qui, par un lointain après-midi, a bien failli l'avaler.

Tristan Malavoy
Montréal, août 2015

CRÉDITS ET REMERCIEMENTS

Les Éditions du Boréal remercient le Conseil des arts du Canada pour son soutien financier ainsi que le Fonds du livre du Canada (FLC). Canada

Les Éditions du Boréal sont inscrites au Programme d'aide aux entreprises du livre et de l'édition spécialisée de la SODEC et bénéficient du Programme de crédit d'impôt pour l'édition de livres du gouvernement du Québec.
Québec

Couverture : LePigeon, *Matane*

Ce livre a été imprimé sur du papier 100 %
postconsommation, traité sans chlore, certifié ÉcoLogo
et fabriqué dans une usine fonctionnant au biogaz.

MISE EN PAGES ET TYPOGRAPHIE :
LES ÉDITIONS DU BORÉAL

ACHEVÉ D'IMPRIMER EN OCTOBRE 2015
SUR LES PRESSES DE L'IMPRIMERIE GAUVIN
À GATINEAU (QUÉBEC).